더 이상
웃어주지
않기로
했다

친절함과 상냥함이 여성의 디폴트가 아닌 세상을 위해

더 이상
웃어주지
않기로
했다

최지미 지음

카시오페아
Cassiopeia

인생에서 무엇을 선택하든
얼마나 많은 여정을 떠나든
나는 그대가 숙녀가 되지 않기를 바란다.

그보다 그대가
삶을 살아가며 규율을 부수고
작은 소란을 일으키길 소망한다.

그리고 그 소란 중 일부는
여성의 목소리를 대변하는 것이길 바란다.

○

노라 에프론(Nora Ephron, **영화감독 겸 시나리오 작가**)

웃어주지 않는 여자는
더 멀리 간다

＊
＊＊
＊

　애석하게도 여성으로 태어나는 순간 당신은 세상에 빚을 진다. 이를테면 이렇다. "게으른 여성은 있어도 미운 여자는 없다"는 격언에 따라 부단한 노력으로 예쁜 모습을 세상에 지불하고 상냥함과 친절함을 제공하기 위해 무해한 미소를 지어야 한다. 현명하게 연애하고 아이를 낳아 엄마가 돼야 한다. 빚은 매달 청구되는 세금과도 같아서 일시금 완납 따위는 없다. 그리고 세금이 밀릴 때마다 세상은 은근한 방법으로 독촉하며 당신의 삶을 조금씩 힘겹고 불편하게 만들 것이다. 바로 이렇게.

　"똑똑똑. 207호 아가씨, 서른 살이 다 돼가는데 아직도 진지한 관계의 남자 친구가 없나요? 다음 달부터 사회적 압력을 3만큼 가중합니다."

하루는 야근 중에 모니터를 바라보고 있는 나를 보고 남성 상사가 왜 미소를 짓지 않냐고 핀잔을 줬다. 문제는 1년 내내 웃는 모습을 본 적이 없는 남자 직원에게는 그 어떤 말도 하지 않았다는 것이다. 왜 남자가 웃지 않으면 진지하고 과묵한 성격적 특성이 되고 여자가 웃지 않으면 기가 세고 싹싹하지 못한 단점이 되는 걸까. 그때 문득 내 속에서 무언가가 끓어올라왔던 것 같다.

이건 단순히 미소만의 문제가 아니었다. 이런 식으로 사소하게 내 삶의 태도와 가치관을 조종하던 것들, 침대 매트리스 아래 콩알 세 알처럼 작지만 무시할 수 없는 불편함들이 사실은 내가 여성이라서 겪은 무례함이었다는 사실을 깨달았다. 심지어 남들에게 꼬투리 잡히지 않기 위해, '예민하고 불편한 여성'이라는 라벨링을 얻지 않기 위해, '착하고 괜찮은 여성'이라는 답안을 맞히기 위해 꽤 노력하며 살아왔었다. 그럼에도 불구하고 나를 못마땅해하는 사람들과 사회적 편견은 어디에나 있었다.

외모 검열자, 명예 출산장려위원, 연애 지상주의자, 미소를 맡겨 놓으신 분, 페미니스트 감별사들은 곳곳에

매복하고 있다가 갑자기 그 정체를 드러내며 내가 꼬박꼬박 세금을 내는 여성으로 자랄 수 있도록 걱정을 가장한 참견을 했다. 가끔은 나를 사랑하는 사람들조차 내가 '보통의 여자'라는 카테고리에 들어가 조용한 삶을 살기를 바랐다.

무례한 발언에도 분위기를 망치기 싫으면 웃으라고 했고, 내가 상냥하게 굴지 않으면 마치 자신의 권리를 침해당했다는 듯 불같이 화를 냈다. 내 민얼굴은 예의 없고 진한 속눈썹의 화장은 인상이 너무 세 보인다며 비난했다. 워킹 홀리데이를 가겠다고 하니 별안간 성적으로 문란하다는 라벨을 붙이며 시집 못 가게 될지도 모르니 조심하라고 경고했다. 연애하지 않고 주말을 홀로 충만하게 보내는 나를 의심쩍은 눈으로 바라보며 "네 인생은 우울하고 청승맞아질 것"이라고 멋대로 넘겨짚었다. 아이를 낳고 싶지 않다고 하니 이기적이라고 했다. 이건 정말 아니지 않냐고 지적하면 "세상 사람들 다 그렇게 사는데 왜 너만 예민하냐"고 반박했다.

여성이란 존재를 너무도 쉽게 미워하도록 고안된 시스템 속에서 살아가면서 나도 모르게 '정말 내가 예민한 걸까' 하며 스스로를 검열하고 자책하며 살았다. 개인의 특성은 고려하지 않고 무작정 여성이라면 애교로 분위기를 산뜻하게 띄울 것을 원하는 사회적 요구에 대해 의심하기보다는 애교가 없는 자신을 탓하면서 말이다. 그런데 말이지, 내 인생에 참견할 권리를 줄 만큼 그들과 내가 그렇게 친했던가?

무엇보다 나는 그들의 눈에 예뻐 보여야 할 의무가 없고, 미움받지 않기 위해 과한 감정 노동을 할 필요도 없으며, 모두에게 상냥할 필요도 없었다. 어떤 때는 차라리 어렵고 불편한 사람이 되는 편이 낫겠다는 계산도 했다. 나와 큰 접점도 없는 사람들에게 받은 '착하고 괜찮은 여성'이라는 인정과 타이틀로는 스타벅스 아메리카노 기프티콘 하나조차 바꿔 먹을 수도 없지 않은가.

그래서 나는 차라리 웃어주지 않는 여자가 되기로 결심했다. 무례한 농담에는 불편한 침묵을 선사하기로 했다. 이유 없이 나를 미워하는 사람이 있다면 이렇게 된 거 이유를 하나 만들어주겠다며 대수롭지 않게 여기기로 마음먹었다. 더 이상 요구가 지나친 이 세상에 맞춰줄 생각은 없다. 남들이 이기적이라고 손가락질하거나 조금 별나다고 또는 무뚝뚝한 여성이라고 라벨링하거나 말거나, 그저 내가 원하는 대로 살아갈 것이다.

이 책은 새벽에 때때로 타인의 뾰족한 말을 꺼내 보며 아파하는 당신에게, 여성으로 사는 것이 극한인 당신에게, 그리고 좀 더 뻔뻔하고 당당하게 살아가도록 자기만의 삶의 기준을 세우고 싶은 당신에게 하고픈 말들의 묶음이다. 과거의 나에게 하는 이야기이자 미래의 나에게 보내는 리마인더다. 실체라곤 없는 남들의 의견에 휘둘리지 않겠다는 약속이며, 고작 남들에게 '착하고 괜찮은 여성'으로 살다 갔다고 묘비에 새기기 위해 이번 생을 모조리 낭비할 수 없다는 여성들의 다짐이다.

'웃어주지 않는 여자가 되겠다'는 말은 '웃지 않는 여자가 되겠다'는 선언이 결코 아니다. 타인을 만족시키기 위해 쏟아부을 시간을 스스로에게 온전히 투자해 자신의 삶을 더욱 유쾌하고 즐거운 것들로 가득차게 만들겠다는 다짐이다. 우리는 앞으로 남들의 애정 없는 참견을 진지하게 재고할 시간에 점심을 김치찌개로 먹을지, 돈가스로 먹을지를 더 깊이 고민하고, 인생을 주체적으로 그리고 최대한의 가능성으로 살게 될 것이다.

이 책을 읽고 나면 당신이 더 많이, 더 자주, 더 크게 웃을 수 있게 되기를 바란다. 물론 오로지 당신의 마음이 내킬 때만.

차 례

PART 2

개소리는 음소거하기

무시

PART 3

인생의 주인공은 바로 나

중심

PART 4

숙녀가 되지 않기로

연대

PART 1

만만하게 웃어주지 않겠다

대응

젊은 여성은 만만하다. 정당한 비용을 지불하고 서비스를 받아야 하는 상황에서도 서비스를 제공하는 자에게 친절한 태도를 요구받는다. 대표적인 예가 택시다. 여성이라면 택시를 타다 무례한 질문, 희롱성 발언, 난폭 운전 등 한 번쯤 기분 나빴던 경험이 있을 것이다.

그날도 타자마자 반말을 섞으며 하대하는 기사를 보고 잘못 걸렸다는 생각이 들었다. 아니나 다를까, 그는 뒷자리에 앉은 나를 백미러로 연신 힐끗 보며 옷차림과 자세에 대해 반말 조로 훈수를 뒀다. 우리 아빠도 안 하는 잔소리를 웬 생전 처음 보는 아저씨에게 듣고 있자니

어이가 없었지만 소란을 일으키기 싫어 꾹 참았다. 하차할 때쯤 나는 택시기사에게 저쯤에서 세워 달라고 말했다. 그런데 내 말에 택시기사는 다짜고짜 왜 말을 기분 나쁘게 하냐며 공격적인 말투로 시비를 걸었다.

나는 분명 존댓말을 했는데 뭐가 문제였을까. 말끝을 흐리지 않고 또박또박, 사무적인 목소리로 말한 것이 아니꼬웠던 걸까. 결국 참고 있던 분노를 터뜨렸다. 존댓말로 했는데 무엇이 문제냐고, 당신도 반말하니까 나도 반말하겠다며 민원을 넣겠다고 강하게 대응했다. 신기하게도 방금까지 억압적인 말투로 공격성을 표출하던 그가 갑자기 꼬리를 내리며 자기는 재미있자고 한 말이라며 태도를 바꿨다. 툭툭 내뱉던 반말도 어느새 존댓말로 바뀌어 있었다. 설마 젊은 여성이 강하게 대처할 거라고 상상도 하지 못했던 모양이다. 그때 깨달았다. 나는 처음부터 참지 않았어야 했다는 것을. 무례한 행동을 조용히 넘어가줄 때마다 그는 '쟤는 만만해 보이니까 이참에 화풀이나 해야겠다. 어차피 반격하지도 못해'라는 생각으로 모종의 용기를 얻었다는 것을.

지하철 1호선에서 뜬금없이 욕을 하던 할아버지, 허락 없이 목욕탕에서 내 몸을 만지며 평가하던 중년 여성,

성희롱 발언을 한 직원을 감싸던 에이전시. 그들을 만난 이후로 나는 "당신이 하는 행동 때문에 기분이 나쁘다"라고 의사 표현을 정확히 하기 시작했다. 쉽진 않았다. 어떤 때는 고성이 오간 적도 있었고, 누군가는 예뻐서 그런 거라며 자신의 무례한 행동은 사실 칭찬의 일부이니 네가 받아들이라고 했다. 무례함에 처음으로 강하게 대응했던 순간에는 온몸이 떨렸는데, 집에 와서 생각해보니 잘했다 싶었다. 무례함에 지지 않는 내가, 나 자신의 감정을 우선시하는 내가 고맙고 든든했다.

　　맥락 없이 무례한 사람들은 상대를 봐가며 시비를 건다. 생각해보니 아빠와 함께 다닐 때는 그 누구도 훈수를 두거나 시비를 건 적이 없었다. 남자는 부당한 처우를 받으면 참지 않고 반격하지만, 여자는 조용히 넘어간다는 것을 그들은 아주 잘 알고 있기 때문이다. 그래서 대체로 쉽고 약해 보이는 상대를 타깃으로 삼았을 것이다. 여성들이 그들의 타깃이 되는 것은 신체적인 이유도 있지만 그보다는 이 사회가 젊은 여성에게 요구하는 모종의 태도 때문이다. 사회는 유독 여성에게 모나지 않은 둥근 말투와 애교 등 유아 퇴행적인 행동을 바란다. 공격적이지 않을 것. 갈등을 일으키지 말 것. 말투는 사무적이어서는 안 되며 상냥할 것. 과묵하지 않을 것. 밝은 미소로 분위기를 띄울 것. 그리고 이러한 스테레오 타입에서 벗어난 여성은 '여자답지 못하고 감정적인 사람'으로 낙인찍힌다.

〈한눈에 보는 민원 빅데이터〉의 통계에 따르면, 2019년 기준 20대 여성의 민원 제기 건수는 11만 8,631건으로 20대 남성의 민원 건수인 17만 4,283건의 68퍼센트 수준에 그쳤다.[1] 이 데이터는 여성들이 남성보다 상대적으로 자신의 권리를 주장하고 불만을 호소하는 데 덜 적극적임을 시사한다. 아마도 젊은 여성이 목소리를 내는 것을 불편해하는 사회적인 분위기도 한몫했을 것이다.

간혹 여성이 싹싹하지 못한 사무적인 말투로 대응하면 이를 자신에 대한 공격이라고 받아들이는 사람들이 있는데, 이는 당신이 잘못해서가 아니라 상대가 여성을 동등하고 주체적인 인간으로 인식하지 않는다는 증거다. 긴장과 갈등은 대화로 해결해야 하는 것이지, 여성의 애교로 풀어야 하는 것이 아니다. 그들이 당신에게 무례하게 구는 이유가 그러한 행동의 결과를 책임지지 않아도 된다는 안일한 생각 때문일 수도 있다. 그렇다면 그들이 책임을 지게 만드는 것도 좋은 방법이다.

앞으로도 당신은 살면서 무례한 상황을 수차례 경

험하게 될 것이다. 이때 어떻게 대처해야 하는지 시뮬레이션을 해보자. 약한 타깃만을 노리는 강약·약강 타입의 사람들을 대처하는 가장 효과적인 방법은 쉬운 상대가 되지 않는 것이다. '좋은 게 좋은 거지' 하며 넘어가거나 불편하고 예민한 사람 취급받는 것을 두려워하지 말자. 상대의 무례함이 무시할 수 없는 수준이라면 반드시 해명을 요구하고, 선을 넘으면 더 이상 참지 않겠다고 경고하길 바란다. 목소리는 일부러라도 단호하게 내고 말끝은 흐리지 않는 편이 좋다. 당신에게 가장 중요한 사람은 스쳐 지나가는 무례한 사람들이 아닌 나 자신임을 기억하자. 당신이 먼저 나서서 상대의 무례함을 변명해줄 필요가 전혀 없다. 오로지 무례함으로부터 스스로를 지킬 의무만 있을 뿐이다.

주말 예능에 나오는 남성 패널의 성차별 발언이 거슬리는가? 방송사 게시판에 적극적으로 의견을 피력하자. 남성 택시기사의 위협적인 행동이나 기분 나쁜 발언을 속으로 삭이지 말고 서울시 다산 콜센터에 불편 신고를 하자. 진상 민원인이나 블랙 컨슈머가 되자는 것이 아니다. 당신이 참으면 상대는 용기를 얻는다. 그리고 자신의 무례함을 합리화하기 시작할 것이다. 아무 말 없이 넘어가거나 침묵하는 것. 그들이 원하는 것을 순순히 내어주지 않도록 하자.

또한 상대가 이유 없이 당신을 기분 나쁘게 한다면 최소한 당신도 그들에게 기분 나쁜 하루를 선사할 마지막 선택지가 있다는 것을 기억하자. 나는 택시에서 겪었던 불쾌한 상황을 민원에 신고했다. 이번엔 교육 수준으로 넘어가지만 다음에 또 이런 민원이 들어오면 그때는 벌금과 같은 직접적인 처벌이 가능할 거라고 했다. 앞으로 그 무례한 택시기사는 다음번에 여성 승객에게 시비를 걸 때 적어도 한 번쯤 고민하지 않을까? 젊은 여성이라면 자신에게 져줄 것이라는 막돼먹은 생각을 조금은 바로잡지 않을까?

목소리를 내고 정면 대응할 때 세상은 조금씩 바뀐다. 내가 먼저 용기 내서 목소리를 내면 다음에 오는 사람이 목소리를 내기 쉬운 세상이 온다. 그래서 나는 오늘도 기꺼이 '불편하고 예민한 사람'이 되고자 한다.

원래 공감 능력이 부족하다는 새빨간 거짓말

연애 중인 친구가 나에게 고민을 털어놓았다. 아무리 생각해도 자기 남자 친구가 '솔로몬 병', 즉 모든 상황에서 본인은 현명하고 이성적인 판단을 내리는 척하면서 상대의 감정이나 아픔에 공감하지 않는 병에 걸린 것 같다고 했다. 회사에서 부당한 일로 꾸중을 들었던 이야기를 꺼내면 "정말 네가 잘못한 게 없다고 확신할 수 있어?"라고 말한다거나, 기분 나빴던 일들에 대해 이야기하면 "네가 과민 반응하는 거 아니야?"라고 답했다고 한다. 주변에 이야기했더니 남성은 원래 단순하고 무뚝뚝하니 네가 이해하라는 반응을 보여 답답하다고 했다.

우리가 질리도록 들어온 이야기처럼, 남자는 이성적으로 판단해 솔루션을 찾고 여자는 감정적으로 상대를 이해하는 존재일까? 남자는 화성에서 왔고 여자는 금성에서 왔다는 진부한 책 제목처럼 남자가 여자보다 상대적으로 공감 능력이 떨어지는 것은 과연 타고난 기질 차이일까?

오리건대학교의 크리스티 클레인과 사라 호지스 교수는 남녀 대학생을 대상으로 대학원 입학시험으로 인해 스트레스를 받는 학생의 영상을 보여준 뒤 학생이 느끼는 감정에 대해 추론하라고 지시했다.[2] 총 세 그룹으로 나눠 첫 번째 그룹에는 아무런 조건을 달지 않았고, 두 번째 그룹에는 추론 결과에 대한 피드백을 받게 될 것이라고 이야기했다. 마지막 세 번째 그룹에는 추론 결과가 정확할수록 돈을 주겠다는 조건을 부여했다.

조건을 부여하지 않은 상황에서는 여성의 공감 능력이 더 높은 것으로 측정됐다. 하지만 감정적 공감을 정확하게 수행할수록 돈을 받기로 한 세 번째 그룹에서 남성의 공감 능력이 월등히 향상됐을 뿐만 아니라 공감 능력에서 여성과 유의미한 차이가 발견되지 않았다. 피드백을 받는 조건에서도 남성의 공감 정확도가 향상되기는 했지만 특별히 의미 있는 수치는 아니었다. 즉, 여성들은 공감 능력이 높을 것이라는 사회적 기대로 인해 항상 높은 공감 수치를 보이지만, 남성들은 '돈'이라는 확실한 보상이 주어질 때만 선택적으로 공감한 것이다.

연구 사례를 하나 더 언급하자면, 하버드대학교의 사라 스노드그라스 교수는 성별과 관계없이 어느 상황에서나 항상 하급자가 상급자의 감정과 생각을 예민하게 파악한다는 것을 알아냈다.[3] 더불어 여성의 직감이라고 불리는 능력은 사실 '하급자의 직감'이라고 명명해야 한다고 주장했다. 남성보다 여성의 공감 능력이 선천적으로 뛰어나다는 명제가 참이 되려면 어떤 상황에서든 여성이 더 높은 공감 능력을 보여야 하는데, 연구 결과 여성 리더가 남성 하급자의 감정을 파악하는 것보다 남성 하급자가 여성 리더의 감정과 의도를 더 정확하게 파악하는 것으로 나타났기 때문이다.

진실은 이렇다. 공감 능력은 사실 하급자에게 더 필요한 능력이다. 권력 피라미드의 아래층에 있다면 타인, 특히나 상급자의 감정과 생각을 빠르게 읽어내는 레이다를 장착하는 게 생존에 유리할 테니 말이다. 여자 친구의 고민에는 세상에서 가장 합리적이고 공정하신 판사님이 되면서, 상사나 군대 선임 앞에서 눈치 빠르게 행동하는 남성을 본 적이 있을 것이다. 성폭력을 당한 여성의 상황을 이해하고 공감하기보다 꽃뱀 여부부터 밝히려 드는 남성들의 행태도 설명이 된다. 가해자인 남성은 자신이 성폭력 피해자가 될 확률이 거의 전무할 테니 굳이 피해자에게 공감하려 들지 않는 것이다. 결과적으로 남성은 공감 능력이 없는 게 아니라 그저 권력 역학에 따라 선택적으로 공감하는 것에 불과하다.

이러한 선택적 공감자들을 상대하기 위해선 어떻게 해야 할까? 스스로 "나는 공감 능력이 부족해"라고 선언하는 사람을 특히 주의하자. 이는 해석하면 "나는 너에게 맞춰줄 의향이 없어"라는 말과 같다. 따라서 권력 역학과 이익을 따져서 공감하지 않기로 한 것을 원래 저런 사람이라며 이해해줄 필요는 없다.

저마다 공감하는 방식이 다를 수는 있다. 누군가는 문제 해결을 위한 합리적인 솔루션을 제공하는 것이 나름의 공감하는 방식일 수 있다. 직장 생활을 힘들어하는 당신에게 어떻게 하면 회사에서 성과를 올릴 수 있는지, 업무 능력 개발을 위해 책을 읽으면 좋을지 이야기하는 사람이 있는 반면, 반대로 당신이 느꼈을 감정에 중점을 두는 사람은 직장 생활을 하면서 느꼈을 기분을 이해하며 다독여줄 것이다. 여기서 포인트는 당신이 원하는 것이 문제 해결 방법인지, 아니면 감정적인 서포트인지 분명히 알고서 상대와 소통하는 것이다. 상대에게 감정적 서포트가 필요하다고 했음에도 불구하고 지속해서 방법론을 늘여놓는다면 그 조언이 진심인지, 맨스플레인인지에 대해 고민해볼 필요가 있다.

공감 능력은 고도로 발달된 지능이자 사회가 지속되기 위해 반드시 필요한 능력이다. '선천적 공감 능력 부족' 카드를 들이미는 일부 남성들은 본인이 화성인이어서가 아니라 그저 배려와 커뮤니케이션 능력이 부족한 지구인이라는 사실을 좀 인정하고 받아들이길 바란다. 화성인은 무슨, 화성에서 10초라도 맨몸으로 견디면 그때 인정해주겠다. 더불어 솔로몬 병에 걸린 사람을 애써 이해해줄 필요도 없다. 솔로몬이 아이를 둘로 자르라고 판결을 내렸던 이유도 진짜 아이의 엄마를 찾기 위함이었지, 중립을 위한 중립에 서기 위함은 아니었지 않나.

따뜻하고 친절한 말과 이해받고 있다는 느낌은 모든 인간에게 필요한 사회적 자원이다. 하지만 이는 무한한 것이 아니라 소진되고 고갈되는 유한 자원임을 기억하자.

공감에는 많은 에너지와 수고가 투입된다. 상대의 시각에서 문제를 바라보고, 상대의 기분과 감정을 파악해야 하며, 위로의 한마디를 던질 줄도 알아야 한다. 여간 수고로운 과정이 아닐 수 없다. 관계에서 당신만 일방적으로 공감을 요구받는다면 주의하도록 하자. 이것은 이성 관계뿐아니라 모든 관계에 해당하는 이야기다.

한쪽만 일방적으로 감정적 서포트를 제공한다면 이는 감정 자원을 착취당하고 있는 것이나 다름없다. 실체도 없는 타고난 차이를 빌미로 한쪽 성별만 일방적으로 공감 노동을 강요받게 한 이 사회에서 이제 조금 드라이해져도 괜찮다.

아, 미소 맡겨놨냐구요

여성의 미소는 공짜일까? 여성의 미소를 받아 마땅한 서비스쯤으로 여기며 마치 맡겨둔 것마냥 요구하고, 무표정한 여성들에게 "무섭다", "차가워 보인다", "기가 세 보인다"와 같은 평가를 내린다. 늦게까지 야근을 하고 있던 어느 날이었다. 몰두해서 모니터를 응시하고 있는데 남자 상사가 지나가면서 한마디를 툭하고 뱉었다.

"왜 이렇게 표정이 무서워. 좀 웃어."

그래, 일터에서 너무 경직된 표정은 조금 그렇지. 긍정적으로 생각하고 가볍게 넘기려고 했다. 그런데 퇴근할 때 엘리베이터에서 마주친 그는 또다시 나에게 미소를 강요했다.

"저기 ○○ 씨, (웃고 있는 다른 여성 사원) 좀 봐. 웃고 있으니까 얼마나 좋아? 좀 웃는 게 어때?"

치이익. 머리에서 취사가 다 된 쿠쿠 밥솥처럼 스팀이 피어오르는 것이 느껴졌다. 분노가 알맞게 익었습니다. 취사를 종료합니다.

밤 9시까지 야근을 하면서 얼굴에 잔잔한 미소까지 띠어야 한다는 그의 발상은 대체 어디서 온 걸까. 솔직히 야근하면서 웃고 있으면 어딘가 퓨즈가 나간 것 같아 좀 무섭지 않나? 무엇보다 문제는 그가 입사 이후로 한 번도 웃은 적 없는 남성 사원의 표정에 대해서는 아무런 지적도 하지 않았다는 점이다. 왜 남자가 웃지 않으면 전문적이고 진지한 것이고, 여자가 웃지 않으면 싹싹하지 못한 게 되는 걸까? 어째서 여성들은 맡은 업무를 해내는 것과 더불어 감정 노동까지 강요받아야 하는 걸까?

너무도 궁금해서 그들에게 왜 웃으라고 강요하냐고 물어봤다. 그랬더니 이런 대답이 나왔다. 긍정적으로 살면 좋지 않냐고, 웃으면 복이 온다고, 단지 네 기분이 걱정돼서 한 말이라고. 그들이 정말 내 감정을 생각하는 감수성 풍부한 사람들이었다면 웃으라고 강요하지 않았을 것이다. 나에게 웃음을 강요하는 진짜 이유는 그저 내 무표정이 자신들을 불편하게 만들기 때문이다. 좀처럼 웃지 않으니 무슨 생각을 하는지 모르겠고, 왠지 나에게 호감이 없는 것 같아 기분이 안 좋아서 미소를 지어 보임으로써 내가 너를 무서워하지 않아도 된다는 걸 증명해보라고 요구하는 것이다.

사실 웃음을 명령하는 태도에는 자신의 서열이 높다는 인식이 깔려 있다. 남자니까, 나이가 많으니까, 상사니까 본인이 그런 권리를 가진다고 생각하는 것이다. 대통령이랑 사장님한테도 웃으라고 할 수 있을까? 할 수 있으면 그때 가서 인정해주겠다. 사실 그 누구도 상대에게 감정을 강요할 수 없다. 그런데 어째서인지 내 호의적인 태도와 상냥함은 그들에게 있어 스스로 얻어내야 하는 것이 아닌 당연한 권리가 되는 걸까?

몇 여자 연예인들은 무표정한 얼굴이 잠깐 화면에 나왔다는 이유만으로 태도 논란에 휩싸이거나 성격에 대한 온갖 추측성 루머에 시달린다. 과거 토크쇼에서 에프엑스의 크리스탈은 반응이 무덤덤하고 웃지 않는다고, 카라의 강지영은 애교를 부리지 않는다는 이유로 버릇없다며 해명을 요구받기도 했다. 하지만 방송 내내 미간에 주름이 잡힌 표정으로 무례한 발언을 내뱉는 남성 MC는 '원래 저런 캐릭터'라며 이해를 받는다.

영어에도 '정색하는 쌍년 페이스Resting Bitch Face, RBF'라는 신조어가 있다. 대표적인 인물로 할리우드 배우인 크리스틴 스튜어트가 있다. 전형적인 여배우의 프레임에서 벗어날 뿐만 아니라 가만히 있을 때 평소 표정이 차갑다는 이유에서다. 영화 〈캡틴 마블Captain Marvel〉 개봉 당시에도 포스터에서 여성 주인공이 웃지 않는다는 이유로 논란이 많았다. 그 누구도 캡틴 아메리카와 아이언맨이 웃지 않는다고 지적한 적은 없지 않은가? 슈퍼 빌런과 싸우는 도중에도 미소를 지어야 한다면 지구는 대체 언제 구한답니까? 네?

강요된 웃음의 연장선으로 세상은 상냥함과 친절함을 여성의 디폴트로 삼고 이를 강요한다. 배우 하연수는 자신의 소셜 미디어에 하프의 대중화에 대한 의견을 올렸고, 이에 "하프를 대중화하기에 가격의 압박이 있다"라고 언급한 댓글에 대한 답변이 차갑고 쌀쌀맞다며 비난을 받아 사과문을 올렸다. 문제가 된 그녀의 답변은 아래와 같다.

"인류 최초의 악기인 리라에서 기원한 하프는 전공

자분들이 다루시는 그랜드 하프와 초보자들도 쉽게 다룰 수 있는 켈틱 하프, 이렇게 두 종류로 나뉘는데요. 수천만 원대의 그랜드 하프와는 달리 켈틱 하프는 50만 원 이하부터 수백만 원대까지 가격의 폭이 매우 넓습니다. 잘 모르시면 센스 있게 검색을 해보신 후 댓글을 써주시는 게 다른 분들에게도 혼선을 주지 않고 이 게시물에 도움을 주시는 방법이라 생각됩니다."

누군가는 상세한 설명을 곁들인 그녀의 답변이 문제가 없어 보인다고 했고, 누군가는 좀 더 부드럽게 말할 수 있지 않느냐고 지적했다. 그녀가 친절했는지 불친절했는지보다 중요한 것은 이 사안이 네티즌들의 공분을 자아내고 인성 논란을 일으키고 사과문까지 썼어야 했느냐는 점이다. 그녀가 친절하지 않았을 수도 있다. 하지만 개인 소셜 미디어에서 군이 친절해야 할 이유가 있는가? 연예인이기 때문에? 남자 연예인이 비슷한 답변을 했다면 이렇게까지 이슈가 됐을까? 이 사건 이후 한 인터넷 커뮤니티에는 그들이 하연수에게 기대했던 예시 답변이 올라왔다.

"아니에용~ 하프도 비교적 저렴한 것들이 많이 있어요. 켈틱 하프라고 불리는 종류가 입문하시기에 적당해요! 전공자분들이 쓰시는 그랜드 하프는 말씀하신 대로 가격이 수천만 원대라 ;ㅅ' 이렇게만 (말)했어도…"

　애교 섞인 부드러운 말투와 과한 친절, 거기에 이모티콘까지. 결국 하연수가 많은 이들의 몰매를 맞은 것은 감히 친절하고 상냥해야 할 젊은 여성이 자신을 낮추지 않고, 누군가의 눈치를 보지 않고, 여자 연예인이 본분을 다하지 않았다는 데서 온 분노였다. 2017년 한국양성평등교육진흥원이 포털 사이트 어학 사전의 예문을 조사한 결과, 성격·성향 관련 형용사 단어의 예문에서 여성이 가장 많이 등장한 단어는 '상냥한(30건)'과 '우아한(17건)'으로 분석됐다.[4] 즉, 상냥함은 여성을 수식하는 형용사로 쓰이고 있는 셈이다. 모든 남성이 젠틀하고 매너 있을 필요는 없지만 모든 여성은 언제나 상냥해야 한다는 은근한 압박을 준다.

　"우리는 당신에게 웃음을 빚진 적이 없다."

　나는 그들에게 더 이상 웃어주지 않기로 했다. 강요된 감정 노동을 수행하느라 소모되는 에너지를 좀 더 소중한 곳에 쓰기로 했다. 모두에게 친절하고 상냥한 사람이 될 필요도 없고, 가끔은 불편한 사람이 되겠다. 더군다나 웃고 있지 않다고 해서 우리가 불행한 것은 아니지 않나. 설사 기분이 좋지 않아 웃지 않는다고 해도 그것

역시 내 감정이며 나는 스스로의 감정을 온전히 느낄 권리가 있다. 오랜 기간 나를 낮추는 것이 미덕이라고 학습한 탓에 나도 모르게 상냥해 보이는 것에 에너지를 써왔다. 그것이 내 의무가 아님을 알았으니 지금부터 시작해보려 한다.

누군가 당신에게 웃으라고 강요한다면 기억하자. 당신의 감정은 당신의 것이다. 그 누구도 타인의 감정을 명령할 수 없으며, 그들이 먼저 웃을 만한 합당한 이유를 제공하는 게 우선이라는 것을. 껄끄러운 관계라면 "웃을 일이 없어서요. 웃을 일 좀 만들어주세요"라고 유머스럽게 대응하자. 내 미소를 원한다면 당신이 노력해서 얻어야 하는 거지, 나에게 일방적으로 요구할 사안은 아니라고 돌려 말하는 것이다.

우리는 힘들 때 고뇌하고 그저 저만치서 걸어오는 귀여운 웰시코기 한 마리를 봐야만 환한 웃음을 짓는 지치고 기운 없는 사회인이다. 상대가 웰시코기만큼 귀엽지 않아 미소가 절로 지어지지 않는 것인데 그게 어떻게 우리 탓이란 말인가? 웰시코기만큼 귀엽지 않다면 적어도 웰시코기를 데려오는 노력쯤은 해야 하지 않겠는가?

예민하다는 말의 진짜 의도

가스라이팅은 타인의 심리나 상황을 조작해 현실 판단력을 흐릿하게 만들고 결국엔 스스로를 의심하게 만드는 정신적 학대다. 주로 가까운 연인 관계에서 많이 발생하는데, 이를테면 여자 친구가 조금이라도 노출이 있는 옷을 입으면 입지 말라며 통제하거나, "나니까 너 같은 애 만나주는 거지" 같은 말을 하는 경우다.

직장, 가족, 친구 등 다른 인간관계에서도 가스라이팅이 흔하게 발생한다. 내 경우에는 이랬다. 회사에서 진행하는 프로젝트에 참여하게 된 협력 업체 남자 직원이 식사 자리에서 나에게 이런 농담을 했다.

"저 사실 MBA 출신입니다. Married But Available 이요."

한마디로 '결혼했지만 기회만 있다면 외도를 할 수 있다'는 불순한 말이었다. 이 말을 듣고 웃음이 날 리가 있을까? 설마 나를 염두에 두고 하는 말은 아니겠지, 하는 의심이 확신으로 바뀐 것은 그가 대뜸 자기 집 근처의 유명한 중국집에서 단둘이 식사하자며 끈적거리는 눈으로 되물었던 순간이었다. 지극히 비즈니스적인 내 친절함을 자기 멋대로 오해한 모양이었다. 게다가 그는 결혼해서 애도 있고 족히 나와 열 살은 차이가 났다.

계속해서 참다가 프로젝트 마지막 날 그에게 말했다. 솔직히 굉장히 기분이 나빴다고. 그는 그런 나를 웃자고 한 농담에 불같이 달려드는 사람 취급을 했다. 요즘 젊은 사람들이 버르장머리가 없다는 말을 덧붙이며 오히려 나를 예민한 가해자 취급을 하고 고래고래 소리를 질렀다. 기혼 남성인 자신의 잠재적 외도 상대가 되기엔 충분한 나이지만 내 의견을 표현하기엔 새파랗게 어린 나이라는 이중잣대가 웃겼다.

그를 파견한 에이전시에서도 문제가 불거져 잔금을 받지 못할까 봐 자신의 발언을 치기 어린 농담으로 포장하려 들었고, 급기야 왜 당시에 문제를 제기하지 않고 이제와서 이야기하느냐는 식으로 2차 가해를 했다. 기가 막힌 건 계약서상으로 내가 돈을 주고 서비스 용역을 제공받는 갑의 위치에 있었다는 것이다. 내가 을의 처지였다면 그는 얼마나 더 노골적으로 굴었을까? 내가 중년의 남성이었다면 그가 내게 이런 행동을 할 수 있었을까?

"이게 화낼 일이야? 재밌자고 한 말인데 왜 과민 반응이야?" 같은 가스라이팅은 상대를 자아성찰 모드로 만들어 '내가 정말 별거 아닌 일에 예민하게 굴고 있는 걸까', '내가 이상한 걸까'라며 생각하게 만든다. 어느새 잘못의 포커스를 자신에서 상대에게로 옮기는 것이다. 나 역시 처음 그 남자 직원의 불쾌한 농담에 뉘앙스가 어땠는지 재고해보고, 어쩌면 친근감의 표현이었는지 모른다며 이해해주고자 했다. 하지만 상황의 당사자인 내가 기분이 나빴다면 그 농담은 잘못된 것이다.

'예민하다'는 말로 누군가 당신을 짓누르려 한다면 그 상황 자체를 명확하게 직시하는 일부터 시작하자. 상대의 말이 가스라이팅이라는 것을 깨닫기만 해도 잘잘못을 제대로 따질 수 있게 된다. 가해자 중에는 "내가 그런 말을 한 적이 있다고?", "네가 잘못 기억하는 거겠지"라고 말하며 자신이 과거에 내뱉은 말이나 행동에 책임을 지지 않으려고 하는 사람이 있다. 또 오랜 기간 가스라이팅을 당하면 자신의 기억과 감정을 믿지 못하고 판단력이 흐려질 수도 있다. 이럴 때는 향후 증거로 쓰일 수 있도록 상대가 하는 폭언이나 모욕적인 농담을 날짜와 함께 기록해두자.

다음은 내 기분을 당신에게 승인받아야 할 이유는 없다고 공표하는 것이다. "네가 내 감정을 소중하게 여기고 이 관계를 건강하게 지속하고자 한다면, 내가 예민하다고 치부할 게 아니라 내가 왜 이런 감정을 느끼는지 이해하는 게 먼저 아닐까?"라고. 만약 이 말에 수긍한다면 상대는 자신도 모르는 사이에 가스라이팅을 했음을 깨닫고 본인의 행동을 고치려 할 것이다. 의도적으로 가스라이팅을 한 경우거나 당신의 감정을 중요하게 생각하지 않는 사람이라면 여전히 당신의 예민함을 탓할 것이다. 그런 관계는 슬며시 빠져나오는 것이 좋다. 애초에 건강할 수도 롱런할 수도 없는 관계이니까.

설사 당신이 예민하다고 해도 그게 뭐가 중요한가? 예민함은 반드시 고쳐야 할 부정적인 특성이 아니다. 공감 능력이 특출나고 남들이 쉽사리 지나치는 것을 볼 수 있으며 남들보다 더 많은 것을 알고 있다는 의미다. 세상은 당신과 같은 예민한 사람들에 의해 변화해왔다. 부조리함과 불편함에 침묵하는 사람들이 아니라.

무례는 불편한 침묵으로 반격하기

대놓고 욕을 하는 건 아니라 반응하기도 애매하고, 묘하게 기분 상하는 말을 내뱉는 사람들이 종종 있다. 그들과 만나고 집에 오면 오물을 온몸에 뒤집어쓴 듯 기분이 찝찝해진다. 어쩐지 화를 내면 나만 속 좁은 사람이 되는 것 같아 웃고 넘겼는데, 잠자기 전에 불쑥 기분 나쁜 감정이 올라와 욱하면 때는 이미 늦었다.

내게도 그런 친구가 있었다. 내가 머리 스타일을 바꾸고 온 날에 "너 그 머리 돈 주고 한 거 아니지?"라고 말하거나, "그런 옷 입는 거 보니까 자신감 넘치나 본데?"라고 말하곤 했다. 몇 남성들 또한 농담을 가장해 희롱하는 말을 한다. 예를 들면 "운동을 시작했다고? 남자 친구가 좋아하겠네", "○○ 씨는 얼굴이 무기라 밤늦게 돌아다녀도 걱정 안 해도 되겠어"와 같은 말이다.

이런 사람들의 특징은 상대의 바운더리를 시험한다는 것이다. 당신을 만만한 상대로 타깃팅을 하고 자신의 악의적인 공격을 어디까지 받아주는지 확인한다. 감정적으로 폭발하는 지점이 어디인지 슬슬 간을 보기도 한다. 처음에는 아마 사소한 장난으로 시작했을 것이다. 그리고 당신이 이런 장난에도 어물쩍 넘어가준다는 사실을 발견하고 그 장난의 강도를 점점 높였을 것이고, 어느새 당신을 막 대해도 괜찮은 사람으로 보고 있을 것이다.

이런 식으로 상대의 기분을 망치는 사람들은 패시브 어그레시브Passive Aggressive, 수동 공격 성향을 지녔다고 볼 수 있다. 패시브 어그레시브 성향이란 적대감이나 공격성을 소극적이고 교묘하게 표현하는 것을 의미한다. 예를 들면 언쟁을 하고 난 후 미팅 초청에서 실수인 척 당신의 이름만 쏙 빼고 보낸다거나, 키보드를 시끄럽게 두드리며 자신이 화가 났음을 은연중에 내비치는 것이다. 자신이 관찰해 알아낸 정보를 바탕으로 상대를 비틀거나 과장해서 희화화하고, 뼈가 있는 농담으로 마음에 생채기를 내기도 한다. 이를 장난이라는 말로 포장하면 공격성을 감추기가 더 쉬워진다. 이런 부류의 사람들은 언뜻 보기에 유쾌하고 사회성이 좋아 보일 순 있지만 자세히 관찰하면 열등감으로 가득하다는 사실을 알게 될 것이다. 자신의 인생이 충만하고 만족스러운 사람들은 굳이 남을 깎아내리고 불행하게 만드는 데 에너지를 쓰지 않으니 말이다.

그렇다면 웃으면서 막말하는 부류의 사람을 만나면 어떻게 대응하면 좋을까? 이에 대한 대응 전략을 찾아보니, 그럼에도 불구하고 긍정적인 태도를 유지하라든가, 그들이 수동 공격적인 행동을 하는 모티베이션을 찾아보라든가 하는 뻔한 이야기들이 많았다. '왜 피해자가 나서서 가해자의 숨은 의도까지 파악해줘야 할까?' 하는 의문이 들었다.

내가 실생활에서 해보고 가장 효과가 있있던 '웃으면서 막말하는 사람들을 대응하는 법'은 다음과 같다. 그들의 농담을 절대 웃어넘기지 않는 것이다. 분위기를 부드럽게 만들기 위해 무의식적으로 기분 나쁜 농담을 웃어넘기는 사람이 많다. 하지만 그 순간 상대는 자신의 태도가 용납된다고 생각해 기분 나쁜 농담을 하는 데 더 거침없어질 수 있다. 무례한 농담에 웃어주는 순간 상대는 이를 당신을 무시해도 된다는 허락으로 받아들이므로 의식적으로라도 웃어넘기지 않아야 한다.

"남성 나이는 와인, 여성 나이는 크리스마스 케이크다", "여성은 스물다섯이 넘으면 상장 폐지지" 같은 철 지난 농담을 하는 사람에게는 "아직도 그런 말을 하는 사람이 있네?"라고 말하며, 그들의 뒤처진 언어 센스를 꼬집어주자. 또는 "그게 무슨 말이야?"라고 말하면서 농담에 담긴 저의를 설명해보라고 되물어보자. "피곤해 보이는 걸 보니 어제 남자 친구랑 있었나봐"라는 농담을 가장한 성희롱 멘트를 던지면 "무슨 말인지 잘 모르겠는데 설명해주세요"라고 되받아치는 것이다. 그가 사람이라면 적당한 핑계를 대기 어려워하며 당황해하거나, 농담에 담긴 악의적인 저의를 해명하는 상황을 부끄럽게 여길 것이다.

또 다른 방법으로는 "말을 왜 이렇게 쉽게 해?", "원래 이렇게 무례한 사람이었어?"라고 말하며 직접적으로 대응하는 것이다. 이것은 상처를 주는 무례한 행동이라고 표현함으로써, 내가 장난을 장난으로 넘기지 못하는 진지하고 꽉 막힌 사람이 아니라 상대의 잘못으로 '상처받았음'을 정확하게 밝히는 것이다. 윗사람이나 연장자 같이 껄끄러운 상대가 당신에게 상처 주는 말을 한다면 저자세로 나올 필요 없이 웃지 않고 그저 짤막하게 "아, 네"라고 대답하자. 아무리 그들이 당신에게 모종의 권력을 휘두를 수 있다고 해도 그 누구도 자신의 위치를 이용해 상대를 막 대할 권리는 없다. 우리 역시 모든 무례함을 받아주는 하급자가 될 이유가 없다.

침묵도 언어다. 당신이 침묵하는 순간 상대는 그 불편한 적막을 채워야 한다는 압박감을 느낄 것이다. 핵심은 '상대방의 공격에 아무런 대꾸도 하지 못하고 쩔쩔 맨다'는 뉘앙스를 주기보다 '불편한 침묵을 만듦으로써 상대의 발언이 잘못됐음을 전하고 차갑고 싸한 분위기를 만드는 것'이다. 생각보다 간단히 할 수 있다. 무표정한 얼굴로 상대의 눈을 3초간 빤히 바라보면 된다.

그럼에도 불구하고 상대가 "농담인데 왜 안 웃느냐"는 식의 적반하장으로 나온다면 "농담이면 재미있어야죠. 좀 재미있게 해보세요"라고 말하자. 받아들이는 상대가 기분이 나쁘다면 그것은 이미 농담이 아니다. 무례함을 웃어넘겨주다 보면 무례함은 계속될 것이며, 결국 나만 다칠 뿐이다.

나는 당신의 세계를 박살 내러 왔다

어느 날 젊은 여성에게만 시비를 거는 남성에게 정면으로 대응한 적이 있었다. 횡단보도에서 신호를 기다리는 나에게 자꾸 욕을 하길래 경고를 하고 경찰을 부르는 시늉을 했을 뿐이었다. 이 이야기를 주변에 들려주자 "그러다 나중에 큰일 나. 조심해"였다. 걱정을 해주는 마음은 다분히 이해하지만 이는 엄연히 피해자에 대한 2차 가해다. 우리 사회는 피해자가 범죄를 당할 만한 이유를 어떻게든 찾아내 책망한다. "그러게 왜 남성에게 대들었어", "짧은 치마를 입어서 그래", "왜 하필 그 시간 그 장소에 있었어", "네가 좀 더 조심했어야지"라는 말로 본질을 흐린다. 가해자를 강력히 처벌하기보다 피해자가 수그리며 사는 세상을 바라는 걸까?

"남성과 여성의 신체 차이는 어마어마하죠. 여성분들이 걱정돼서 하는 말인데 실제 위험한 상황에서 호신술 같은 것을 사용했다가 역효과가 나기 마련입니다."

한 여성이 강간미수 사건에서 기지를 발휘해 빠져나왔다는 기사에 위와 같은 댓글이 달렸다. 남성은 잠재적으로 여성을 가해할 의도와 힘이 충분하기에 어떻게 해서라도 부딪히는 상황을 피해야 하는 존재라며, 오로지 여성과 노약자 등 약한 타깃만을 노린 찌질한 살인마를 피도 눈물도 없는 잔인하고 무서운 사이코패스로 둔갑한다. 이렇듯 두 성별의 신체적 차이를 근거로 여성에게 무기력함을 학습시킨다.

문제는 오랜 기간 이 무기력함을 학습한 여성은 갈등 상황에서도 남성인 상대가 잠재적으로 날 해칠까 봐 권리를 제대로 주장하지 못한다는 것이다. 홀로 여행을 가고 싶어도 잠재적 범죄 대상이 될까 봐 문밖을 나서지 못한다. 강간당할 상황을 피하기 위해 모험보다 안전함을 선택한다.

위험 상황에서 소극적으로 대응하는 것이 정말로

효과적일까? 상대의 심기를 건드리지 않는 선에서 행동하는 것만이 최선일까? 2017년 안성시에서는 한 남성이 귀가 중이던 여자 고등학생을 흉기로 위협해 성폭행을 시도한 사건이 있었는데, 피해자가 끈질긴 저항 끝에 가해자의 손을 깨물고 발로 낭심을 걷어차 범인을 잡은 적이 있었다.[5] 적어도 피해 상황에서 여성이 주체적으로 탈출 기회를 모색할 수 있는 용기를 주고 시뮬레이션을 해야 할 필요가 분명 있다는 말이다.

하지만 여자가 근력을 기르고 호신술을 배우면 "그래 봤자 남자에게 힘으로 못 이긴다"며 재를 뿌리는 사람들이 있다. 우선 남성이 여성보다 절대적으로 힘이 강하다는 말은 참이 아니다. 아주 드문 경우지만 여성이 남성보다 체격적으로 우위에 설 수 있다. 무엇보다 호신술을 배우는 목적은 상대를 힘으로 이기는 것이 아니라 위급한 상황이 닥쳤을 때 당황하지 않고 탈출 기회를 모색하는 등 대처 능력을 기르는 데 있다. 여성과 남성의 힘의 차이를 들먹이며 겁을 주는 것은 아무 도움이 되지 않는다.

더군다나 성범죄자의 기저에 깔려 있는 것은 성욕이 아닌 지배욕이다. 저항하지 않을 것 같고 약해 보이는 사람, 즉 쉽게 지배할 수 있는 사람을 타깃으로 삼아 겁을 먹게 하고 누군가를 지배하고 있다는 상황에서 만족감을 느끼는 것이다. 따라서 쉬운 목표로 생각됐던 여성이 의외로 강한 반응을 보이면 가해자는 당황하게 되고 탈출 기회를 얻을 수 있다. 가해자가 폭력의 수위를 높일 가능성도 배제할 수는 없겠지만 그렇다고 해서 소극적인 대응이 반드시 성공하리라는 보장도 없지 않나.

나는 호신술 클래스를 수강한 후로 호신용품인 호루라기와 쿠보탄과 같은 것을 항상 소지하고 다닌다. 호신용품을 사용하게 되는 일은 없는 것이 가장 좋겠지만, 늦은 저녁에 인적이 드문 길을 걸어갈 때나 남자 노숙자가 위협적인 행동을 할 때 키체인에 걸려 있는 쿠보탄을 한 손에 쥐고 있는 것만으로도 큰 안심이 됐다. 적어도 위기 상황에서 아무 대응 없이 말려들기보다 스스로를 보호할 수 있는 장치가 하나라도 있다는 것, 그리고 그러한 상황을 주기적으로 시뮬레이션함으로써 대처할 액션 플랜을 가지고 있다는 것 덕분에.

강력한 성범죄 처벌을 촉구하고, "싫어요"라는 말을 싫다는 것으로 받아들이지 못하는 남성들의 의식 수준의 변화가 반드시 선행돼야 한다. 사회적 약자를 노리는 찌질한 성범죄자들을 희대의 악마로 그려내며 공포심을 조장할 것이 아니라 조롱하고 비웃음거리로 삼아야 한다. 성범죄 피해 여성에게 범죄 원인의 일부를 전가하는 빅팀 블레이밍Victim Blaming 역시 그만둬야 한다.

상황을 내가 어느 정도 컨트롤할 수 있다는 자신감을 가지고 살아가는 것과 무기력하게 체념하며 살아가는 것은 천지 차이다. 스스로를 지킬 수 있다는 용기와 믿음을 가지자. 실제로 위기 상황에서 상대에게 물리적 피해를 입히고 빠져나올 기회가 있었는데 선뜻 가해하지 못한 여성들이 많았다고 한다. 나를 비롯한 많은 여성이 필요 상황에서 공격성과 이빨을 드러낼 수 있기를 바란다. 좌절과 무력감으로는 할 수 있는 것이 아무것도 없으니까.

미국 체조 국가 대표팀 주치의였던 래리 나사르는 256명의 여성을 성폭행과 성추행해 법정에 섰다.[6] 재판장에는 고통받은 수많은 여성의 증언이 이어졌다. 그녀들은 용기 있게 다음과 같은 메시지를 전달했다.

"당신의 억압은 끝났다. 우리에게는 목소리가 있고 힘이 있다."

"비록 내가 성폭력 피해자라고 하더라도 나는 내 인생을 피해자로 살아가지 않겠다."

그리고 무엇보다 강력한 메시지는 바로 이것이었다.

"이제 눈치챘겠지만 어린 소녀들은 결코 언제나 어리지 않다. 그녀들은 강력한 여성이 되어 당신의 세계를 박살 내러 돌아온다."

나사르는 최장 360년의 징역을 선고받았다. 여성은 결코 무력하거나 연약하지 않다. 그리고 우리 여성들이 서로의 손을 잡아주기로 마음먹을 때 그 힘은 더욱 세진다. 당신도 연약하다는 프레임을 지우고 새로운 이야기를 다시 쓰길 바란다. 우리는 더 이상 순순히 피해자가 돼주지 않을 것이다. 그들이 우리를 불태운다면 그들 역시 불에 탈 각오를 해야 할 것이다. 여성에게 조심하라고 경고하는 것을 그만두고 변화를 추구하지 않는다면 한쪽이 참아서 오는 평화란 없다.

도전하기, 진흙탕에서 구르기, 그리고 이겨먹기

미국 비영리 단체 '걸스 후 코드GIRLS WHO CODE'의 설립자이자 CEO인 레시마 소자니는 전형적인 엘리트 코스를 밟으며 완벽한 딸로 살아왔다. 서른세 살에 의원직에 도전했지만, 많은 득표 차이로 낙선하게 됐다. 인생에서 처음으로 리스크를 수반한 진정한 도전을 시도하고 난 후 그녀는 한 가지를 깨달았다. '여성들은 항상 완벽해야 한다는 내적인 압박 때문에 새로운 것에 대한 도전을 기피하도록 교육받아왔다'는 것을, '남자아이들은 용감해지는 법을 배우고, 여자아이들은 완벽해지는 법을 배운다'는 것을 말이다. 세계적인 IT 기업인 휴렛팩커드Hewlett-Packard, HP

의 연구에 따르면 여성은 구직 시 자신이 조건에 100퍼센트 부합할 때 지원하는 반면, 남성은 60퍼센트만 부합해도 지원하는 것으로 나타났다.[7] 즉, 여성은 성공한다는 보장이 있을 때만 도전한다는 이야기다.

나 역시 취업 전선에 처음 뛰어들었을 때 "여성 문과생이니 큰 기대를 하지 말고 하향 지원하라"는 이야기를 들었었다. 고용 시장이 얼어붙어 있으니 진득하게 6개월간 인턴 경험을 채우고 작은 기업 위주로 지원하라는 조언도 들었다. 하지만 끈질기게 지원한 결과 3개월 만에 외국계 금융 회사에 합격하게 됐다. 전략 부서로 이동을 하고자 했을 때도 주변에서는 여전히 쓴소리를 해댔다. 핵심 부서에는 미혼의 남자 직원을 선호하며, 내 학벌이 부족하다는 돌직구도 있었다. 당시 내 마음가짐은 '잘되면 좋은 거고 아니면 뭐, 다음 기회를 노리면 되지'였다. 결과는 당연하게도 내가 바라던 대로 됐다. '현실적인 대안'이라는 말로 내 인생에 훈수를 두던 비관주의자들이 제자리에 있을 동안에 말이다.

포지션이 하나인데 지원자가 100명일 때, 시험 합격률이 10퍼센트에 불과할 때 우리는 초조해진다. 성공 확률이 너무나 희박해 도전하기 전부터 겁이 난다면 이렇게 생각하자. 당신은 오로지 확률에만 기대야 하는 로또 당첨을 기다리고 있는 것이 아니라는 것을. 수많은 지원자 중에는 별생각 없이 지원한 허수가 있을 수 있고, 당일에 나타나지 않는 사람도 있을 수 있다. 즉, 불안한 마음을 떨치고 조금만 더 노력한다면 성공 확률이 높아질 수 있다는 말이다. 나는 도전하기 막막하고 고민되는 경우 내가 성공할 확률은 50퍼센트라고 가정한다. 되거나 안 되거나 반반이다. 이렇게 생각하면 마음의 짐이 훨씬 가벼워진다.

도전 문턱을 낮추는 또 다른 방법은 최악의 상황을 가정하고 시뮬레이션해보는 것이다. 무모하게 지원했다가 탈락한다면? 뭐, 그거야 남들에게 조롱 좀 받으면 되지. 공항에서 짐을 잃어버린다면? 필요한 물건이라면 다시 사면 되고, 이왕 이렇게 된 거 미니멀하게 살아봐도 괜찮지. 이렇게 최악의 상황을 긍정적으로 풀어내보는 것이다. 내가 주로 떠올리는 최악의 상황은 도전했다가 전 재산을 잃고 부모님 집에 얹혀사는 것인데, 사실 생각해보면 그리 나쁘지도 않다. 부모님 집의 채광이 내 집 채광보다 더 좋으니까. 그리고 좀 망하면 어떤가.

아직까지 이 사회에서 여성이 허용된 자리는 너무

나도 적다. 그마저도 작은 바늘구멍을 통과해야 한다. 그러므로 여성들은 스스로 완벽해지는 것에 더욱 집착하게 된 건지도 모른다. 2019년 9월을 기준으로 국내 200대 상장사의 여성 임원은 전체의 2.7퍼센트에 그쳤다.[8] 여성에게 매우 불리하도록 짜여 있는 사회 구조 시스템에서 여성 개인의 노력만을 강조할 수 있을까?

먼저 기울어진 운동장의 수평을 맞춰가야 한다. 여성 인력을 요직에 앉히기 위한 파이프라인이 있는 기업을 적극적으로 소비하고, 여성 이사가 많은 회사를 추켜세울 필요가 있다. 남성만 요직에 앉히는 회사는 다양성을 추구할 줄 모르는 구시대적인 조직이라는 낙인을 찍고 불매하는 것도 방법이다. 미국 역사상 두 번째로 여성 연방 대법관이 된 루스 베이더 긴즈버그가 "대법원에 몇 명의 여성 대법관이 있어야 충분하다고 생각하냐"라는 질문에 거침없이 "9명(전부)"이라고 대답한 것처럼, 여성들은 지금보다 더 욕심을 부리고 요직을 차지해야 한다. 이와 동시에 여성은 그저 남성이라서 부장이 된 누구와 달리 완벽하게 일을 해내야만 승진하는 구조도 타파해야 한다.

용기란 두렵지 않은 상태가 아니라 두려움에도 불구하고 행하는 것이라고 한다. 겨울날 전기장판과 같은 따뜻한 안정감에 머무를 때, 증명된 안전한 길을 택할 때 우리의 성장은 거기서 멈춘다. 나는 모험과 도전, 그리고 용기가 여성에게 친숙한 명사가 됐으면 한다. 여성도 좀 엉망으로 살아도 괜찮은 사회가 됐으면 좋겠다. '반드시 성공하겠다'는 마음보다는 '망하면 좀 어때'라는 마음을 가졌으면 한다. 비교적 안전한 선택을 함으로써 나 자신의 존재를 증명해 보이기보다 도전하고 실패함으로써 가능성을 열어가는 것이 어렵지 않은 세상이 오기를 바란다. 다음 명언을 부디 가슴속에 새겨두자.

"배는 항구에 있을 때 가장 안전하지만 그것이 존재 이유는 아니다."

PART 2

개소리는 음소거하기

무시

선 넘는 참견을 걱정으로 포장하는 사람들

어떤 사람들은 내가 먼저 묻지도 않은 인생의 조언을 무심하게 던진다. "다 너를 걱정해서 하는 말"이라는 무적의 문장으로 운을 띄우면서. 실제로 대학을 졸업하고 워킹 홀리데이를 가겠다고 이야기하는 나에게 한 남자 선배가 조언이랍시고 이런 말을 했다.

"다 너를 위해서 하는 말인데, 호주는 인식이 안 좋아서(원정 성매매 여성이 많다는 편견) 나중에 결혼을 못 할수도 있어. 그보다는 빨리 취직하는 게 낫지 않아? 요즘 기업들은 여자는 스물여섯 살도 많다고 생각한다더라."

많은 고민 끝에 결정한 내 선택이 목적 없는 방황으

로 치부되는 게 썩 유쾌하지만은 않았다. 무엇보다 타인이면서 나와 그다지 친하지도 않은 그가 고작 나보다 한 살 많다는 이유로 내 인생에 참견할 권리가 있다고 생각하는 것이 무척 이상하게 느껴졌다. 전형적인 맨스플레인이었다.

지금이라면 코웃음을 치며 "제가 알아서 할게요"라고 대꾸했을 테지만 당시에는 솔직히 그 말을 듣고 신경이 쓰였다. 찌질하게 목적지를 캐나다로 바꿨고, 새벽에 자다가 깨서 비행기 표를 취소할까 생각한 날도 많았다. 문득 후회가 들 때마다 여든 살이 된 나를 떠올렸다. 침대에 누워서 인생을 복기한다고 가정하면 무엇을 가장 후회할까. 아무리 생각해봐도 아무것도 시도해보지 않았다는 후회가 밀려들 것만 같았다.

결말은 이랬다. 캐나다에서 지낸 시간은 빛나는 젊음의 한 페이지가 됐다. 호스텔에서 한 달간 지내며 질릴 때까지 사람들과 파티를 즐기고 절절한 사랑도 해봤다. 부당한 일을 당하기도 했지만 그보다는 즐거운 이벤트가 더 많았다. 귀국해서는 3개월 만에 취직도 했다. 알고 보니 여성 나이 스물여섯 살은 신입 중에서도 어린 축에 속했다.

여성이 특정 국가에 거주했다는 사실만으로 성적 문란함을 측정하는 편견을 다시금 곱씹어본다. 만약 내가 그 선배의 오지랖 넘치는 조언을 바탕으로 포기했다면 어땠을까? 인생의 많은 부분이 달라졌을 테고, 분명한 건 가보지 않은 길과 가능성을 그리며 한 번쯤 후회했으리라는 것이다. 내가 주체적으로 살아내지 않고 타인이 대신 그려준 인생의 청사진대로 산 날들을 후회하면서 말이다.

당신의 삶에도 다 너를 위해서 하는 말이라며 무례한 참견을 걱정으로 포장하는 사람들이 있다면 다음 내용을 살펴보고 도움을 얻기 바란다.

✔ 자기가 아는 게 다라고 생각하는 사람

본인도 취직하지 못한 주제에 후배들에게 가르치려 드는 선배가 이런 경우다. 인생 참견을 하는 그 사람이 당신이 가고자 하는 길을 미리 걸었는가? 만약 아니라면 그 사람은 자기도 가보지 않은 세계에 대해 참견하는 것이니 애초에 자격 미달로 들을 필요가 없다. 한 귀로 듣고 한 귀로 흘려보내자. "여자가 서른 넘어서 일하는 게 쉬운 일이 아니니 결혼이나 하라"고 훈수를 두는 사람도 있을 수 있다. 글쎄, 본인 주변에는 그런 사람만 있나 보다. 그저 무시하고 당신이 그가 아는 첫 번째 성공 케이스가 되면 된다.

✅ 자신이 실패했다고 "너도 실패할 거야"라고 말하는 사람

경험치나 나이, 운, 타이밍 등 모든 상황과 조건이 다른 상태에서 고작 자신이 실패했다고 당신도 실패하리라고 쉽게 재단하는 경우를 말한다. 당신에게 경고의 의미로 조언하는 것일 수도 있겠지만 그가 간과하는 것이 하나 있다. 자신의 실패가 당신의 실패를 규정지을 수 없다는 것이다.

✅ 도전하지 않기를 바라는 사람

커리어 확장을 위해 해외 취업을 하기로 한 당신의 결정을 비웃는 남자 친구, 또는 막상 당신이 해내는 모습을 보면 배가 아플 것 같아 괜히 사기를 꺾는 사람들이 이에 속한다. 겁쟁이들은 항상 곁에 있어줄 동료를 필요로 하고, 자기가 해내지 못한 것이라면 응당 타인도 해내지 못해야 한다고 생각한다. 당신의 삶은 당신의 것이다. 원하는 것이 있다면 주저 말고 쟁취하라.

앞으로 누군가 당신의 인생에 참견하려 든다면 웃지 않고 우아하게 말해주면 된다. "조언은 알겠으나 제 인생이니 알아서 하겠다"고 말이다. 당신의 선택을 결과로 보여주면 가장 좋겠지만 혹여 기대보다 실망스러울 수도 있다. 이 모습을 보고 누군가는 또 신이 나서 "거봐 내가 뭐랬어"라고 면박을 주려 들 테지만 이마저도 깔끔하게 무시해주면 된다.

당신은 그 사람에게 성공을 빚진 적도 없으며, 때로는 실패로 보였던 것들이 더 나은 방향으로 가는 교차로가 되기도 하니 신경 쓰지 말자. 적어도 코치석에 앉아 남의 인생을 평가하는 부정적인 사람들보다 필드에서 뛰고 있는 당신이 훨씬 멀리 갈 것임은 분명하기에.

여자의 적은 정말 여자일까?

2015년 가수 예원이 배우 이태임과 말다툼 중에 "언니, 저 맘에 안 들죠?"라고 말한 영상이 인터넷에 공개됐다. 해당 발언은 '여적여(여자의 적은 여자)'의 대표적인 캐치프레이즈가 되어 '여성들은 태생적으로 질투가 많아 서로를 미워한다'는, 특히나 '새로운 집단에 나타난 젊고 아름다운 여성이라면 더더욱 경계의 대상이 된다'는 의미로 쓰이기 시작했다.

브라더와 로맨스를 합한 '브로맨스', 즉 남성들 사이의 진한 연대감을 의미하는 단어는 영화와 예능에서도 자주 등장하며 긍정적인 의미로 쓰인다. 우리는 지금까지 대부분의 인생을 브로맨스 코드의 예능을 소비하며 살아왔다고 해도 무방하다. 〈무한도전〉을 기점으로 〈1박 2일〉 〈뜨거운 형제들〉〈아는 형님〉까지 남성 출연자 간의 끈끈한 형제애를 과시하는 진부하기 짝이 없는 프로그램들에서 여성 패널은 애교를 부리거나 형제 중 한 명과 로맨틱한 케미를 보이는 '제수씨' 캐릭터로만 등장했다. 반면 미디어를 통해 보이는 여성들의 관계는 질투와 경쟁이 디폴트다. 자기보다 젊은 여성을 질투하고, 더 비싼 가방을 멘 여성을 질투하고, 남성 주인공의 사랑을 받는 여성을 질투하는 것으로 그려진다.

한번은 '여적여'가 진짜 존재하느냐를 두고 설전을 벌인 적이 있다. 상대는 여초 직장에서 일하게 되면 '여적여'가 괜히 나온 말이 아니라는 것을 알게 된다며, 여성들이 경쟁 상황에서 얼마나 상대의 피를 말리고 가식적으로 구는지 열변을 토했다. 그러나 잘 생각해보면 승진과 연봉 상승이라는 한정된 자원을 가지고 경쟁하는 회사에서 호전적인 상대를 만나게 되는 것은 당연한 일 아닌가? 직원 대부분이 여성인 여초 집단이기에 경쟁 상대도 여성이 될 확률이 높을 수밖에 없지 않은가?

상대 여성이 젊다거나 좋아 보이는 옷을 입고 온다

는 이유로 못되게 구는 사람이 존재하지 않는다는 말은 아니다. 하지만 이를 오로지 여성의 특성으로 치부하는 것은 잘못돼도 한참 잘못됐다. 남성 집단에서도 이런 일은 비일비재하게일어 난다. 신입이 선임보다 비싼 차를 끌고 오는 것을 예의 없는 행동으로 여기고, 행복한 가정을 이룬 애처가 남편은 조롱의 대상이 된다. 남초 집단의 정치와 이간질도 만만찮다. 그렇다고 이에 대해 "역시 남자의 적은 남자네"라고 말하는 사람이 있는가? 언어는 사고를 지배하고, 특정 단어는 누군가의 목적에 따라 의도적으로 만들어진다. '여적여'라는 단어는 있고 '남적남'이라는 단어는 존재하지 않는 것이 무척 불편하게 느껴지지 않는가?

　브로맨스와 여적여 구도는 여성을 외롭게 한다. 같은 성별인 여성은 잠재적인 적이며 이성애가 최상의 것이라고 떠들어댄다. 우리에게 아무리 많은 동성 친구가 있어도 남자 친구가 없다면 당신의 삶은 불완전하다고 평가 내린다. 그저 섹스와 출산을 할 수 없다는 이유로 동성 간의 우정을 로맨스보다 아래 단계로 보는 것이다. 하지만 나와 몇 여자 친구들 간의 사랑은 남성과의 연애에서는 결코 찾을 수 없는 따뜻한 시선과 서로에 대한 역사

가 있다. 그녀들은 아무리 나를 깊이 애정하던 남성이라
도 이해하지 못한 부분에 대해 전적으로 이해해줬다. 가
장 힘겨웠던 이별 역시 전 남자 친구들과의 이별이 아닌,
나와 가장 취향이 맞고 많은 추억을 공유한 학창 시절 친
구와의 안녕이었다. 나를 구원해준 사람은 대부분 여성이
었으며, 남성들의 친절은 언제나 조건부였다.

'여적여'는 남성의 사랑이 한정적인 자원이고 여성
들은 이를 경쟁해서 쟁취해야 한다는 발상에서 탄생했다.
몇 남성들에게 말하건대, 당신의 사랑이 우리가 경쟁까지
나 해서 얻어내야 할 정도로 가치가 있는 것으로 생각한
다면 글쎄, 착각이 좀 심한 게 아닌지. 여자의 적은 여성
이 될 수도 남성이 될 수도 있다. 동시에 여성을 구원하는
것도 여성이 될 수 있다.

아드님 말고 소중한 나를 위해 요리합니다

홀로 지내는 시간이 늘면서 자연스레 생존을 위해 요리를 배우게 됐다. 스테이크를 구울 때 버터를 넣으면 풍미가 짙어진다는 것도 알고, 곶감으로 풍미를 더한 백종원 표 팟타이도 기가 막히게 만들 수 있다. 요리를 잘하는 건 아니지만 적어도 스스로를 굶겨 죽일 일은 없도록 하고 있다. 그런데 가끔 이런 이야기를 하면 상대로부터 불편한 감탄사를 듣곤 한다.

"야, 이제 시집가도 되겠다. 일등 신붓감이네."

한 예능 프로그램에서 남자 연예인의 어머니가 "아들이 마흔이 되기 전에는 결혼했으면 좋겠다"라고 말하며, 그 이유에 대해 이렇게 말했다.

"먹을 것을 밖에서 사 먹기만 하니까 걱정이 돼서."

순간 그 말을 듣고 헛웃음이 나왔다. 아들이 결혼했으면 하는 많고 많은 이유 중에 '고작 밥을 잘 챙겨 먹었으면 해서'라니. 외식비가 다른 선진국에 비해 상대적으로 저렴한 데다 배달 음식의 천국인 한국에서 밥 걱정을 하다니. 혹시 그 아들이 신생아쯤 되는지? 그 잘나신 아드님들은 어쩌다 스스로 밥도 제대로 챙겨 먹지 못하는 어린애가 돼버린 걸까? 어째서 며느리가 아닌 식모를 들이고 싶다는 말을 아무렇지 않게 할 수 있을까? 어째서 '엄마 밥'에는 그립고 따스한 온갖 이미지가 점철되는데 '아빠 밥'은 생소하고 낯설게 느껴지는 걸까? 왜 자식들은 떠난 고향을 그리워할 때 "엄마 밥이 먹고 싶다"는 은유적 표현을 쓰는 걸까? 그런데 TV에 나오는 화려하고 유명한 셰프는 어째서 죄다 남성인 걸까?

요리 잘하는 남의 딸을 '들여와' 그녀의 식사 노동을 '착취해' 자기 아들 배를 불리겠다는 발상이 몹시 불편하다. 요리 잘하는 여성을 예비 신붓감으로 낙점하고 그에 반해 요리 못하는 여성은 어딘가 하자 있는 사람 취급하는 것도. 요리 못하는 남성은 지극히 정상으로 간주하고 심지어 서툰 솜씨를 귀여움으로 포장까지 해주는 것도. 심지어 그 밥은 대충 챙겨서는 안 되며 정성이 듬뿍 담겨야 한다. 간편하게 시리얼에 우유를 말아주거나 토스트를 구워주는 것은 밥으로도 치지 않는다. 그들에게 아침밥이란 따뜻한 흰쌀밥에 몇 가지 반찬과 된장국을 '간단하게' 곁들인 음식이니까.

가부장들은 갓 지은 밥인지 오래된 밥인지에 따라, 찬의 가짓수에 따라, 음식을 만드는 데 쏟아부은 노동의 강도에 따라 여성의 자질을 평가하고 시험한다. 명절 음식을 사 먹는 문화가 점점 보편화되기 시작할 무렵 "감히 조상의 제사상에 정성 없이 음식을 사서 올린다"고 잡음이 나왔던 것도 그러한 연유에서다. 엄마란 존재는 자신을 위해 요리하지 않으며, 자식들에게 생선 살을 다 발라주고 식구들이 떠난 식탁에 홀로 앉아 찬밥을 먹는 사람일 뿐이라는 얘기다.

한번은 전을 부치다 이골이 난 적이 있다. 재료를 예쁜 모양으로 썰어 꼬치에 끼우고, 밀가루를 입히고, 계란물을 곱게 바른 뒤 노릇노릇 익게끔 앞뒤로 뒤집어가며 정성 들여 만들었는데 막상 전을 먹는 시간은 순식간에 지나간다. 어쩌면 전은 명절에 여성들을 괴롭히려고 가부장제가 발명한 사디스틱한 음식이 아닐까 하는 내 음모론이 신빙성을 얻는 순간이었다.

나는 오로지 소중한 나를 먹이기 위해 요리를 해 왔고, 앞으로도 그럴 것이다. 내 미뢰 세포의 기쁨과 삶의 질을 높이기 위해서지, 신부 수업을 염두에 두고 요리를 배운 것이 아니란 말이다. 게다가 1인분의 요리를 만드는 것에 익숙해져 2인분을 만들었다간 간도 잘 맞추지 못해 맛없는 음식을 만들지도 모른다. 그러니 제발, 서로 자기가 먹을 것은 본인이 챙길 줄 아는 어른이 됐으면 한다. 여성들이 이왕 요리를 배운다면 (물론 배우지 않아도 무관하다) 타인을 먹이고 살찌우게 하기 위함이 아니라 자신의 삶을 풍요롭게 만드는 것이 목적이기를 바란다. 제철 채소를 맛있게 먹는 법, 건강한 페스토 파스타를 만드는 법, 월경전 증후군Premenstrual Syndrome, PMS 대비용 달콤한 디저트 만드는 법 등을 배워 가장 소중한 자신에게 대접했으면 한다.

바나나와 망고, 초콜릿 칩, 치아시드를 잔뜩 넣고 메이플 시럽을 살짝 뿌린 오트밀로 토요일 아침을 연다. 어제 카페에서 갈아온 신선한 원두를 베트남에서 사 온 드리퍼에 넣고 커피를 내린다. 플레이리스트는 빈티지 크리

스마스 캐럴. 점심으로는 최소 두 줌의 마늘과 베트남 불
고추를 잔뜩 넣은 한국인의 알리오 올리오를 만든다. 사
이드는 아몬드와 라즈베리를 넣어 제법 모양새를 낸 샐러
드. 오후에는 집 앞 카페에서 친구와 만나 넷플릭스의 주
식에 대해 이야기한다. 디저트로 티라미수를 시킬까 말까
고민하다 역시 정신 건강을 위해 한 입 먹어주기로 한다.
저녁을 먹기 전 입맛을 돋우기 위해 아쉬탕가 요가를 하
고, 마지막 한 끼로는 밥과 된장국이 좋겠다.

휴, 일과를 보면 알겠지만 소중한 나를 먹여 살리기
에도 바빠서 이번 생에 남을 먹여 살리는 것은 역시 패
스!

남자는 애 아니면 개? 그래서 사람을 무는 걸까

내가 초등학교 고학년이 될 때쯤 남학생들은 저마다 뒤틀린 방식으로 성에 대한 욕구를 표출하기 시작했다. 가학적인 일본산 야동과 '홈메이드 포르노'로 둔갑한 성 착취 영상으로 성을 학습한 그들은 여학생들에게 성희롱 발언을 일삼았다.

그 시절 가장 충격을 받았던 사건이 있다. 같은 반의 한 여학생을 향한 남학생 무리의 끊임없는 집단 괴롭힘이었다. 조용하고 조숙했던 그 친구는 그들에게 쉬운 먹잇감이 됐고, 그들은 틈만 나면 그녀의 그림 연습장을 빼앗아 들어 킬킬 웃어댔다. 무리 중 한 명이 못마땅한

눈빛으로 바라보던 나에게 구경이라도 하라는 듯 연습장을 내밀었는데, 그때의 충격을 아직도 잊을 수가 없다. 페이지마다 적나라한 성적 행위와 여성과 남성의 성기를 묘사한 드로잉이 가득했기 때문이다.

남학생 무리들은 단순히 성적 코드가 담긴 음란물을 보기 위해 그 친구에게 그림을 그리라고 협박했던 것은 아니었을 것이다. 당시에도 몇 번의 검색만으로도 고화질의 음란 영상물을 쉽게 찾을 수 있었던 때였으니까, 그들은 그보다 자신들의 명령에 따라 복종하던 친구의 고통, 누군가의 인생을 제멋대로 조종할 수 있다는 뒤틀린 지배욕으로 그녀를 괴롭혔던 것이다. 음산한 미소를 짓던 그들의 번들거리는 얼굴이 잊히지 않는다.

지금까지 후회가 되는 것은 우리 중 그 누구도 이 사건을 공론화시키지 않았다는 것이다. 변명하자면 당시에는 요즘보다 성인지 감수성이 한참 떨어지는 남성 교사들이 많았다. 학생에 대한 애정 표현이라는 변명 아래 여학생을 껴안고 비비거나, 속옷 브랜드 쌍방울이 왜 쌍방울인지 아느냐며 아마 남학생들은 알 것이라는 저질 농담을 하는 교사들이 버젓이 교단에 서던 때였다. 두 번째 이유로는 "남자아이들은 원래 그래"라며 이해해주는 사람들이 대부분이었기 때문이다. 남자아이들의 성욕은 주체할 수 없고 자연스러운 것이라며 봐주곤 했다.

가장 큰 이유는 공론화해봤자 그 싸움에서 가장 큰 피해를 보는 사람은 그림을 그린 여학생이었기 때문이다. "왜 괴롭힘이 시작된 시점에 선생님에게 알리지 않았느냐", "저 정도 묘사를 할 수 있는 정도면 그림을 그린 아이도 문제가 있는 것 아니냐"라며, "더 나아가 순진한 우리 아들에게 음란한 그림을 보여줘 문제를 일으킨 계집"으로 오히려 잘못을 뒤집어썼을 가능성도 농후하다.

'남자아이들이니까 그럴 수도 있지'라는 사회의 암묵적인 이해는 참혹한 결과를 낳았다. 텔레그램을 통해 미성년자 성 착취 동영상을 26만 명이 관람한 'N번방 사건'이 그 대표적인 예다.[9] 기가 막힌 건 이런 저질스러운 사건에도 "아무리 어려도 자신이 직접 영상을 촬영한 것이 아니냐", "여지를 준 건 결국 그 여자아이들이 아니냐" 하는 어이없는 발언으로 피해자의 잘못을 따지는 목소리가 있었다는 점이다. 성인 남성이 여성 청소년을 상대로 "요구대로 하지 않으면 인생을 망가뜨려버리겠다"라는 협박을 하고 치졸하고 계획적으로 범죄를 저질렀음에도 화살은 피해자에게로 향했다.

전 충남 지사 안희정에게 네 번에 걸쳐 성폭행을 당한 비서 김지은 씨의 사건은 세상이 피해자에게 요구하는 피해자다움이 무엇인지 잘 보여준다.[10] 많은 이들이 어째서 네 번이나 성폭행을 당하면서 일찍 신고하지 않았는지에 대해 물고 늘어졌다. 차기 대권 주자로 호명되며 살아 있는 권력으로 여겨졌던 안희정, 그리고 그의 손짓 한 번에 생업을 잃을 수 있는 별정직 비서 사이의 위력 차이는 철저히 무시했다. 본인들은 상사가 건네는 술 한 잔도 거부하기 어려우면서, 권력형 성범죄 피해자에게는 어째서 권력에 목소리를 내지 않았느냐고 하는 그 이중성이 참으로 우습다.

무고한 피해자가 되기 위한 없는 조건 따위는 이 세상에 존재하지 않는다. 평생 짧은 옷을 입지 않거나 화장을 하지 않았어야 하고, 상사의 모든 메시지에 "넹"이 아닌 "넵"으로만 답변을 해야 하고, 이혼한 적이 없어야 피해자의 말을 믿겠다는 이상한 나라. 그러한 나라에서 그 친구를 도와줄 수 없었던 당시를 떠올리며, 앞으로 내가 할 수 있는 일에 대해 곱씹어본다. 피해자의 목소리를 들어주고 지지해줄 것을 다짐한다. 피해자에게 피해자다움을 강요하는 압력에 2차 가해를 그만두라고 목소리를 낼 것이다. 우리가 질문을 던져야 할 대상은 피해자가 아닌 가해자다. "어째서 네 번이나 성폭행을 당하는 동안 가만히 있었느냐"가 아니라 "대체 무슨 생각으로 성폭행을 네 번이나 저질렀는지"를 질문해야 한다.

추가로 "남자는 원래 그래", "남자는 애 아니면 개"라는 말로 남성들의 미성숙한 행동을 여성들이 일방적으로 이해해주길 바라지 말라. 이 땅의 웅녀들은 오래전에 100일간 마늘과 쑥만 먹고 버텨 사람이 된 지 오래거늘. 남성이 개나 애든 말든, 일단 다 큰 인간이 될 생각부터 하길. "남자는 여자 하기 나름"이라며 부족한 남성을 여성의 현명함으로 교화시키면 된다는 근본 없는 말도 이제 그만했으면 한다. 여성들이 무슨 하자품을 취급하는 애프터서비스 센터도 아니고, 고장 난 건 스스로 고치는 자율적인 인간이 됩시다.

운동은 떡볶이를 맛있게 먹기 위한 양념

큰마음을 먹고 PT를 받기 위해 헬스장을 찾았다. 운동의 목적이 뭐냐고 묻는 트레이너에게 "강하고 튼튼해지고 싶어서요"라고 대답하니, 그는 무슨 말인지 모르겠다는 듯 의아한 표정으로 나를 물끄러미 쳐다봤다.

"그러니까 스쾃은 제 몸무게만큼 들고 싶고요, 맨몸으로 풀업 한 개 정도는 하고 싶은데요."

헬스장에 등록했다고 하면 지인들은 여지없이 "다이어트하게?"라고 물어왔다. 여성이 운동하는 목적은 대개 살을 빼기 위함이라고 생각하는 것이다. 왜일까? 어깨에 근육을 붙이거나, 체력을 기르거나, 무거운 물건을 더 잘

들거나, 척추를 올바르게 만든다거나, 또는 정신을 단련하고 싶을 수도 있는데 말이다. 유튜브에 홈 트레이닝 관련 영상만 검색해봐도 여성의 운동은 사회가 원하는 이상적인 몸매를 만드는 데에만 초점을 둔다. 승모근을 없애고 여리여리한 직각 어깨를 만들어주는 운동, 종아리 알을 매끈하게 만들어주는 스트레칭과 같은 영상들의 조회 수는 수십만이 훌쩍 넘었다.

미용 몸무게에 도달하기 위해서는 운동뿐만 아니라 극한의 식이 조절도 동원해야 한다. 컴백을 앞두고 저녁마다 고구마 한 개와 방울토마토 몇 개만 먹었다는 가수, 일반인들이 한 끼로 먹을 양의 식사를 세끼에 나눠 먹었다는 배우 등 많은 여성 연예인의 식단이 특급 비밀인 양 인터넷에 떠돌아다닌다. 살을 빼기 위해서 이 말도 안 되는 부실한 식단을 그대로 따라 하는 사람들도 많다.

하지만 미디어가 여성들에게 보내는 메시지는 이중적이고 혼란스럽다. 음식 프로그램에 출연한 여성 연예인들이 짜장면을 젓가락으로 크게 한입에 집어넣으며 털털하고 복스럽게 먹는 모습을 보여준다. 오히려 깨작깨작 먹으며 내숭을 떨면 가식적인 사람이 된다. 이는 먹어도 살찌지 않는 여성에 대한 환상이다. 한마디로 눈앞에서는 닭튀김 15개를 맥주와 곁들여 입안에 털어넣어야 하지만, 남들이 보지 않는 곳에서는 고구마 반 개를 먹고 필라테스와 요가로 몸매를 꾸준히 관리해 44 사이즈를 유지하라는 것이다. 어느 장단에 맞추라는 건지 원.

나 역시 덴마크 다이어트, 원푸드 다이어트, 단식 다이어트 등 극단적인 다이어트를 해본 적이 있다. 그렇다고 과체중이었던 것도 아니었다. 수치상으로는 저체중이었다. 그럼에도 미디어가 보여준 미의 기준, 즉 푹 파인 쇄골과 허벅지 사이의 틈을 가지기 위해 필요 이상으로 노력했다. 결과는 어땠냐고? 고맙게도 근육과 체력 감소, 기립 저혈압을 선물 받았다. 빠졌던 2킬로그램은 며칠 만에 회복됐다. 나중에야 살이 다시 찐 게 아니라 내 몸이 살기 위해 몸부림친 거였다는 것을 깨달았다.

단 하나뿐인 내 몸 아닌가. 정신이 깃든 신전과도 같은 소중한 내 몸 아닌가. 20만 원짜리 나이키 신발도 닳을까 봐 애지중지해서 신으면서 적어도 80년은 함께할 내 몸을 이렇게 소진해도 되는 걸까? 사회는 먹고 싶은 걸 다 먹으면서 운동했다간 '건강한 돼지'가 되고 말 거라고 조롱했다. 그렇다면 여성은 건강한 돼지가 될 바에 건강하지 않은 사슴이 되는 편이 맞다는 건가? 건강을 잃으면 모든 걸 잃는다고 하면서 왜 여성은 건강보다 아름다움을 우선으로 삼아야 하는 걸까?

그러던 도중 넷플릭스에서 우연히 크로스핏 대회에 관한 다큐멘터리를 봤다. 그 영상을 보고 그동안 내가 생각했던 신체적 아름다움의 기준이 180도로 바뀌었다. 크로스핏 대회에 출전한 그녀들은 우리 기준으로 다소 과하다고 느껴질 정도의 근육질 몸을 가지고 있었다. 진흙탕을 구르고, 로프를 타고 올라가고, 수백 킬로그램의 바벨을 들 때마다 괴성을 질렀다. 원하는 것이 있다면 모든 장애물을 가로질러 돌진해 결국 이뤄내고야 말 것 같은 폭발적인 에너지를 가지고 있었다. 꺾을 수 없는 존재처럼 강해 보였다. 그리고 확신했다. 내가 원하는 모습이 바로 저것이라고.

내 몸을 정상 궤도에 올리기 위해 몸에 좋은 식단으로 꾸려 먹었다. 데드 리프트와 스쾃을 했다. 신기하게도 내가 노력하는 만큼 건강해졌다. 덤벨 프레스를 열심히 한 덕에 굴곡이 생긴 어깨를 보고 몇 남성 지인들은 "남성들이 좋아하는 건 그게 아니다"라며 묻지도 않은 뷰티 팁을 줬지만 상관없었다. 어차피 말해도 못 알아듣겠지만 너네한테 예뻐 보이려고 운동하는 게 아니거든.

아침에 일어나는 것도 전처럼 힘들지 않았다. 내게도 체력이라는 것이 생겼고, 퇴근하고도 글을 쓸 에너지가 남아 있었다. 운동의 혜택은 이뿐만이 아니었다. 너덜너덜해질 때까지 몸을 혹사시키면 그날은 기절한 듯이 잠을 푹 잘 수 있었다. 덕분에 새벽마다 나를 괴롭히던 내면의 불안감, 의심, 그리고 과거에 대한 후회들이 끼어들 틈이 없었다. 정신마저 산뜻하고 단정해졌다. 벌크업과 운동을 하기 전 저체중의 내 모습이 사회가 요구하는 미의 기준에 더 가까웠을지 모르지만, 운동 이후 내 삶은 모든 면에서 더 나아졌다.

이전에는 운동이라곤 평생 해본 적 없는 듯한 하늘하늘한 몸이 이상적인 미의 기준으로 칭송받았다면 요즘은 살짝 근육이 잡힌 몸이 트렌드가 되면서 오히려 여성들의 숙제가 더 늘었다. 근육이 있되 다리와 승모근은 매끈해야 하며, 마르되 신체의 특정 부분은 볼륨이 넘쳐야 한다. 동시에 충족하기 어려운 기준을 달성하도록 요구받는다. 아직도 여성의 몸은 여성 자신의 것이기 전에 세상에 내보이는 상품에 불과하다는 듯이.

문제는 여성들도 자신의 몸을 객체화하는 것을 자기만족이라고 착각한다는 것이다. 만약 우리가 진심으로 스스로를 위해 운동하는 것이라면, 어째서 기능상으로 문제가 없는 승모근을 보톡스까지 맞아가면서 없애려고 하는 걸까? 힙딥은 왜 채워야만 하는 걸까? 나 역시 유독 튼튼한 종아리와 두꺼운 발목에 불만을 가졌었다. 하지만 제2의 심장이라고도 불리는 종아리가 튼튼하다면 건강한 삶을 살 가능성이 더 높다는 이야기를 듣고 생각이 바뀌었다. 사회가 만들어낸 미적인 기준에서는 내 튼실한 종아리가 개선의 대상이 될지 몰라도 건강의 측면에서는 오히려 축복이었으니까.

오늘도 나는 요가원을 다녀오는 길에 한쪽 어깨에 돌돌 만 매트를 들고서 당당하게 떡볶이집에 들어가 1인분을 시켜 먹고 나왔다. 다이아몬드의 무게를 재는 보석상처럼 몸무게 소수점 한 자리까지 신경 쓰던 예전의 나는 더 이상 존재하지 않는다. 떡볶이를 더 맛있게 먹기 위해 양념으로 운동을 하는 것일 뿐.

"네가 이루고 싶은 게 있다면 체력을 먼저 길러라. 체력이 약하면 빨리 편안함을 찾게 되고, 피로감을 견디지 못하면 승부 따위는 상관없는 지경에 이르게 되지."

드라마 〈미생〉에서 이런 대사가 나온다. 체력이 낮으면 스트레스에 대한 문지방이 낮아지고, 피곤해진 몸은 태도에 영향을 끼친다. 사랑하는 사람에게 짜증 부리는 일이 늘어나고 상사의 지적에 유독 예민하게 반응하게 된다. 따라서 인생을 즐기기 위해서는 체력을 기르는 운동이 반드시 필요하다. 그 어떤 미적 기준에도 얽매이지 않고 타인의 욕망을 당신의 신체에 투영하지도 말고, 오로지 자기 자신을 위해 몸을 만들었으면 한다.

지금껏 여성의 몸이 여성의 것이었던 적은 없다. 우리에게 필요한 것은 선반에 올려놓고 자랑할 수 있는 깨지기 쉬운 도자기 인형과 같은 신체가 아니라 삶을 살아낼 수 있는 튼튼하고 실용적인 몸이다. 오로지 삶의 무게를 튼튼하게 떠받칠 근육을 만드는 데 집중하자. 우리는 몸 탐미주의자가 아닌 몸 실용주의자가 돼야 하며, 더 멀리 나아가고 원하는 것을 이루기 위해 오직 자기 자신을 위한 운동을 시작해야 한다.

그러게 왜 여자 혼자 여행을 가서

2018년, 제주도 게스트하우스에서 관리자로 일하던 한정민이 투숙객 여성을 성폭행하고 살해하는 사건을 일으켰다.[11] 범죄를 저지르고도 태연하게 손님을 받고 피해 여성의 렌터카 차량을 몰고 편의점까지 갔다 온 가해자의 뻔뻔함은 공분을 자아냈다.

동시에 해당 기사에는 "그러게 왜 위험하게 여자 혼자 여행을 갔나"와 같이 피해자에게 2차 가해를 가하는 댓글부터 "요즘 젊은 여성들이 힐링, 욜로You Only Live Once, YOLO라는 목적으로 홀로 여행을 가는 케이스가 많던데, 남성인 나도 자제하는 만큼 조심하는 게 좋을 것"이라는 전형적인 맨스플레인의 편협한 댓글이 달렸다. 부실한 게스트하우스의 안전망과 성범죄자의 자유로운 숙박업소 운영 및 취업이 담론의 중심이 되는 것이 먼저임에도 누군가는 여전히 피해자를 탓했다.

홀로 여행하는 여성은 세상이 얼마나 흉흉한 줄 아느냐고, 몇 명의 여성들이 여행 도중 실종되고 강간당하는 줄 알기는 하냐는 걱정을 가장한 참견들을 듣는다. 아시아 내 가까운 몇 나라로 한정된 '여자 혼자 여행하기 좋은 여행지' 따위를 추천하며 경험의 폭을 좁히려 든다. 하지만 애초에 여행지에서 좋은 경험만 할 수는 없는 것 아닌가. 여행자의 지갑을 노리는 소매치기, 사기꾼, 협잡꾼, 인종 차별자 등 예측하기 어려운 위험 요소가 모든 나라 곳곳에서 일어날 수 있지 않은가. 그 일이 비단 여성에게만 일어나는 것도 아닐 텐데, 어째서인지 여행지에서 나쁜 경험을 하게 되면 무모하게 홀로 여행한 여성의 탓이 돼버린다.

몬테네그로, 보스니아-헤르체고비나, 세르비아와 같은 발칸 반도의 몇 나라를 비롯해 북미와 동남아, 그리고 오세아니아를 홀로 여행해본 내 경험으로 미뤄보자면, 여성 혼자서 하는 여행에는 확실히 수고스러움이 따른다. 해가 지면 되도록 바깥으로 나가면 안 되고, 수상한 골목길로 접어들지 말아야 하며, 캣콜링과 추파에 대응하면 안 된다. 나라마다 지켜야 할 수칙들을 따라도 위험할 뻔한 순간은 매번 있었다. 그럼에도 불구하고 리스크를 감수한 대가는 매우 흡족했다. 내 인생이 두 시간짜리 영화라면 하이라이트로 삽입될 장면은 전부 홀로 여행한 곳에서 촬영된 것이라 자신 있게 말할 수 있을 만큼.

긴 여행을 통해 스스로도 몰랐던 모습들을 발견했고, 세상에 생각보다 좋은 사람이 많다는 깨달음, 호스텔 부엌에서 파스타 냄새로 유혹해 친구를 만드는 법, 무엇이든 혼자 해낼 수 있다는 용기까지 기념품처럼 꼭 하나씩 뭔가를 얻어왔다. 물렁했던 마음이 단단해졌고, 햇빛에 살짝 그을린 내 모습을 더 사랑하게 됐다. 무엇보다 이방인이 되는 것에 대한 묘한 해방감이 좋았다. 나를 아는 사람이 한 명도 없는 곳에서 나는 그야말로 무엇이든지 될 수 있었다. "너답지 않게 왜 그래"라며 찬물을 끼얹을 사람도 없고, 조금 무모한 시도를 해도 눈치 볼 필요도 없었다.

오늘도 여행지에서 마주치는 그녀들을 본다. 나와 같이 자신의 몸집만 한 배낭을 메고 홀로 여행하는 여성들. 하나같이 용감하고, 자기가 하고 싶은 것은 꼭 해야만 하는 고집 있는 사람들. 그녀들은 알고 있다. 걱정을 가장한 참견을 해대는 이들은 사실 그녀들의 도전을 막기 위함이라는 것을. 남성의 소유물인 여성이 허락 없이 세상을 누비는 것이 아니꼬워서라는 사실을. 독립적이고, 자기가 원하는 것을 잘 알고, 마음에 들지 않으면 배낭을 메고 훌쩍 떠나버릴 힘이 있는 여성이 그저 불편해서라는 것을.

같은 주파수를 살고 있는 우리는 서로를 알아보고 눈인사를 나눈다. 그리고 안전한 울타리에서 나와 주체적으로 세상을 맛보기로 작정한 서로를 응원한다. 당신에게 부디 신의 가호가 함께하길. 다음번 여행지에서 평생 가슴에 담을 만한 풍경과 이야기를 만나길. 그녀들이 넓은 세상에 나와 더 많은 것을 보고 깨달아 자신들이 얼마나 편협한 인간인지 알게 될까 두려워 걱정이란 핑계로 족쇄를 채우려는 그들의 속셈을 단박에 부수길.

세상은 여행지에서 도사리는 온갖 위험들을 한층 과장하며 우리가 나아가지 않도록 옷깃을 잡는다. 이는 경험의 스펙트럼을 제한하고, 인생의 터닝포인트가 될지도 모르는 사건 또는 평생토록 기억할 만한 사람을 만나는 것, 예상치 못했던 의외의 장소와 사랑에 빠지는 것을 방해한다. 목숨을 걸고 인도를 종주하라거나, 오지를 여행하라고 부추기는 것은 절대 아니다. 다만 세상이 무섭다고 문밖을 나서지 않는 것, 그로 인해 얻은 안전은 인생에 그 어떤 이벤트도 일어나지 않음을 의미할 뿐이다.

여동생이 배낭을 메고 집을 나선다고 하면 나는 이렇게 말할 것이다. 지나친 친절을 경계하되, 인간에 대한 불신이 너의 여행을 망치지 않게끔 할 것. 가끔은 모르는 메뉴에 도전해보고 되도록 많은 여행자와 이야기를 나누길. 꼭 가고 싶은 곳이 생겼다면 귀국 티켓을 버리고서라도 떠날 것. 나머지는 여행에서 직접 부딪히며 배우면 된다. 이처럼 진심으로 우리를 사랑하는 사람이라면, 그럼으로써 세계가 넓어지길 바라는 사람이라면 반드시 여행을 응원해줄 것이다.

마지막으로 여자 혼자 여행하기 좋은 여행지 추천 같은 건 없다. 당신이 가고 싶은 곳이라면 그 어디든 가면 된다.

남에게 관심 많은 사람 치고 행복한 사람은 없다

　살다 보면 악의를 드러내는 상대를 만난다. 그런 사람들이 하는 일은 뻔하다. 대놓고 경멸하거나 겉으로는 별말 없다가 뒤에서 욕을 해댄다. 행동이나 말투를 희화하고 과장해 주변 사람들에게 같이 욕 좀 해달라고 종용한다. 눈빛, 말투, 옷차림, 생김새, 행동거지 등 일부만 보고 모두 간파했다는 듯이 너스레를 떤다. '나는 네가 이런 사람이라고 규정하기로 했어'라고 마음먹은 듯이 치졸할 정도로 보고 싶은 것만 본다.

　나를 싫어하는 이유라도 있으면 다행이다. 행동반경이 겹치지도 않고 친하지도 않으면서 무작정 험담부터 하는 사람들도 종종 있다. 처음에는 나를 싫어하는 사람이 세상에 존재한다는 사실을 인정할 수 없었다. 마치 내 존재를 부정하는 일 같아서.

'내가 그때 지나가면서 한 말이 기분 나쁘게 들렸던 걸까? 내 말투가, 행동이, 목소리가 오해를 샀을까? 어쩌면 나는 별로인 사람일지도 몰라. 성격이 조금 모난 건지도 몰라.'

어리석게도 그들이 나를 싫어하는 이유를 나에게서 찾으려고 했고, 고쳐나가기 시작했다. 내가 차갑다고 싫다는 사람에게 싹싹하게 대했다. 그런데 웃기게도 이제는 가식적으로 보여서 싫다는 뒷담화가 들려왔다. 모두의 기분을 상하게 하지 않기 위해 노력해도 누군가는 기어코 나를 싫어했다. 그들은 내가 제3세계에서 고아를 돌보며 누구보다 숭고한 삶을 사는 마더 테레사라고 해도 착한 척한다며 싫어할 사람들이었던 것이다. 없는 이유를 만들어서라도 나를 싫어했을 것이다.

〈휴먼네이처Human Nature〉지에 실린 논문에 따르면, 대화의 65퍼센트는 실상 가십이라고 한다.[12] 누군가를 힐난하는 말이 아니더라도 대화 주제의 대부분은 다른 인간들에 관한 것이라는 뜻이며, 그만큼 인간 세상에서 험담이 만연하다는 것이다. 당신을 욕하는 그 사람도 뒤에서 만만치 않게 욕먹고 있을 것이다. 특히 이유 없이 당신을 깎아내릴 정도의 인성이라면 더더욱. 분노하거나 과민 반응을 보일 필요도 없다. "저기요, 저만 욕먹는 줄 아나요. 피차일반 그쪽도 만만치 않게 욕먹고 있거든요?"라고 생각하는 편이 좋다.

가장 중요한 것은 어차피 모두에게 사랑받을 수 없다는 사실을 인정하는 것이다. 열 명이 모이면 그중에 여섯 명은 나에게 관심이 없고, 두 명은 나를 싫어하고, 나머지 두 명은 내가 숨만 쉬어도 나를 좋아한다. 귀여운 아기랑 강아지가 나오는 힐링 유튜브 영상에도 간간히 '싫어요'를 누르는 꼬인 사람들이 있으며, 예수님과 부처님도 안티팬만 수억 명이다. 자신의 삶이 불행해 남을 불행하게 만들지 않고서는 못 버티는 악의에 찬 사람도 있다. 모두에게 사랑받는 사람이 되는 것은 불가능할 뿐만 아니라 엄청난 에너지가 소모된다. 마음을 갉아먹는 짓은 멈추고, 오로지 나를 사랑해주는 두 명에게만 잘하자.

누군가 뒤에서 열심히 욕하고 있다는 것은 사실 그 사람이 그만큼 당신을 생각하면서 시간을 보낸다는 의미나 다름없다. 당신을 생각하고, 미워하고, 소셜 미디어를 염탐하는 것도 모자라 누군가에게 당신에 관해서 이야기 하지 않고서는 못 배길 정도로 집착하고 있는 셈이다. 사랑과 미움은 한 끗 차이라더니. 당신이 전진할 동안 틈만 나면 당신의 인스타그램과 페이스북을 염탐하며 비생산적인 시간을 보내는 그들을 불쌍히 여겨주도록 하자.

만일 지속적으로 당신을 공격하고 평판을 무너뜨리려 든다면 이때는 꼭 정면 대응하길 바란다. 굳이 감정적인 에너지를 소모하고 싶지 않다고 가만히 있다가는 당신에 대한 루머가 기정사실이 되거나 상대에게 만만한 상대로 비칠 수도 있다. 물론 정면 대응할 에너지조차 아깝거나 껄끄러운 사이라면 적어도 미워하는 상대의 마음을 얻겠다고 우호적으로 행동하지만 말자. 이런 상대는 관계를 회복하겠다고 잘해줘봤자 기고만장해져서 안하무인으로 나오는 경우가 많다. 이유 없이 나를 싫어한다면 이왕이렇게 된 거 당신을 싫어할 이유를 하나 만들어주는 친절을 몸소 보여주는 것도 나쁘지 않다.

누가 당신을 욕한다면 그건 그들의 문제다. 열등감과 질투심을 질 낮은 방법으로 드러내는 것이다. 자신의 인생이 불행해 남도 똑같이 불행해졌으면 하는 사람들일 뿐이다. 남에게 관심이 많은 사람 치고 행복한 사람은 없다. 그들이 당신에 대해 떠드는 말들을 진지하게 고민하며 새벽잠을 설치지 않기를 바란다. 당신이란 사람이 누구인지 정의를 내릴 수 있는 권리를 타인에게 내어주지 말자.

PART 3

인생의 주인공은 바로 나

중심

과잉 친절러 그만두기

"여자아이라 그런지 차분하고 성실하네요. 딸은 역시 아들하고 달라."

어쩌면 그 말이 모든 시작이었는지도 모른다. 남들의 인정과 칭찬이 주기적으로 공급되지 않으면 바짝 말라버릴까 전전긍긍하는 나이스한 과잉 친절러가 내 안에 잉태되기 시작한 순간 말이다. 말썽을 부리는 아들과 달리 착하고 말 잘 듣고 착실한 딸들은 세상이 그녀들에게 바라는 대로 행동할 때마다 칭찬이라는 작은 보상을 받았다. 매번 여성은 남성보다 부족하다고 평가됐기에 칭찬이 유독 달게 느껴졌을 것이고, 당연하게도 그 보상을 받기 위해 좇았을 것이다. 빵 부스러기를 따라 수상한 과자 집으로 향하는 그레텔처럼. 어떻게 보면 착한 여성이 되는 것은 사회에서 살아남고자 하는 여성의 생존 본능이 아닐까?

자신의 주장을 강하게 드러내거나 권리를 요구하면 '드센 여성'라는 오명을 쓰는 등 고분고분하지 않은 여성에 대해 세상이 얼마나 차가운지를 우리는 피부로 느꼈지 않은가. 소설 《82년생 김지영》에서 첫 회사에 취직해 팀원들 취향에 맞춰 아침마다 커피를 타고, 식당에 가면 자리마다 숟가락과 젓가락을 세팅하는 김지영을 보고 팀장이 이런 말을 한다.

"그리고 앞으로 내 커피는 타주지 않아도 돼요. 식당에서 내 숟가락도 챙겨주지 말고. … 여자 막내들은 누가 부탁하지도 않았는데 귀찮고 자잘한 일들을 다 하더라고. 남자들은 안 그래요. 아무리 막내고 신입 사원이라도 시키지 않는 한 할 생각도 안 해. 근데 왜 여자들은 알아서 하는 사람이 됐을까."

상냥한 친절이 나쁘다는 것은 아니다. 하지만 어째서 그런 일을 도맡아 하는 것은 항상 여성일까? 그 이유는 많은 여성이 피플 플리저People Pleaser, 한마디로 타인의 인정을 받기 위해 비위를 맞추고 남을 기쁘게 해주는 데 불필요할 만큼 노력하고 있기 때문이다. 주말에 딱히 끌리지 않는 모임에 초대받았는데 상대가 기분 나빠할까 봐 선뜻 "No"라고 말하지 못하거나, 자신의 시간을 갉아먹으면서까지 남을 돕거나, '좋은 여자 친구'가 되기 위해 쓸모없는 희생을 한 경험이 한 번쯤은 있을 것이다. 아래 문항을 보고 체크해보자. 세 개 이상 체크했다면 당신도 피플 플리저일 확률이 높다.

☐ "No"라고 말하기 전에 죄책감이 먼저 든다.

☐ 종종 나의 욕구보다 남들의 욕구를 우선시한다.

☐ 의견이 다른 사안에 대해서도 갈등을 피하기 위해 동의하는 척을 한다.

☐ 거만하게 보일까 봐 칭찬을 그대로 받아들이지 못한다.

☐ 갈등 상황을 항상 피하려고 한다.

☐ 필요 이상으로 자주 사과한다.

☐ 남들을 의식해 내 의견을 주장하는 것을 꺼린다.

당신이 피플 플리저임을 인식하는 것부터 시작이다. 자신도 모르게 습관적으로 과잉 친절을 행하고 있지 않았는가? 남들에게 그저 좋은 평가를 받기 위해 희생하고 있는 것이 무엇인지 정확히 인지해야 한다.

사실 나도 만성적인 피플 플리저였다. 당시에는 내가 그저 좋은 사람이 되기 위해 노력하고 있다고 착각했던 것 같다. 하지만 내가 베푼 친절은 전혀 이타적인 것이 아니었다. 그저 남들에게 잘 보이기 위해, 나를 인정하지 않는 사람의 마음에 들기 위해 과잉 친절을 베풀었을 뿐이다. 그렇다고 딱히 효과가 있었던 것도 아니다. 누군가의 친절을 감사히 여기는 사람은 드무니까. 더군다나 남들을 위해 시간과 에너지를 희생하다 보니 정작 자기 자신의 감정을 돌볼 시간이 없었다.

생각해보자. 우리가 타인을 만족시키기 위해 쏟아부은 시간을 자신에게 투자했다면 우리 삶이 얼마나 쾌적해졌을지. 피플 플리저가 된다고 주변의 사랑이 보증되는 것도 아니다. 누군가 당신을 좋아했으면 하는 마음에 노력하는 것은 대부분 헛수고다. 오히려 당신의 선량하고 친절한 특성을 이용하려고 드는 사람이 생길지도 모른다.

사람의 마음을 얻는 것이 그저 잘해주기만 하면 되

는 일이었다면 세상은 이렇게 복잡할 리가 없지 않은가. 차라리 그 시간에 자신에게 투자해 더 나은 사람이 되는 것이 훨씬 낫다. 가고 싶지 않은 모임에 갈 시간에 읽고 싶었던 책을 읽고, 잘 알지도 못하는 수영 강사의 선물을 살 5,000원으로 자기 자신에게 맛있는 커피 한 잔을 대접하자. 당신은 모두를 행복하게 만들 수도 없으며, 누구에게나 좋은 사람이 될 필요도 없다는 것을 기억하면 된다.

오랜 기간 피플 플리저로 살다 보면 머리로는 알지만 입으로는 여전히 상대의 부탁을 거절하기 어려울 때가 어쩔 수 없이 발생한다. 또 거절할 때 불편한 감정을 넘어 죄책감을 느끼기도 한다. 그럴 때는 일단 "한번 생각해볼게요", "확인하고 말씀드릴게요"라고 말하고 상황에서 빠져나와 천천히 시간을 두고 생각해보자. "No"라고 거부 의사를 표현하는 데 오는 죄책감을 떨쳐버리자. 설사 합당한 이유가 없다고 해도 당신에게는 타인의 부탁을 거절할 권리가 있다. 내키지 않는다면 거절하자. 당신의 시간과 에너지는 유한하며, 이러한 자원을 스스로의 선택에 따라 할애할 수 있다는 사실을 명심하자.

더불어 스스로 결정하고 당당히 의견을 표출하는 것을 거리끼지 않는 자세가 필요하다. 먹고 싶은 게 없냐는 상대의 질문에 "아무거나 괜찮다"라고 대답한 적이 있지 않은가? 하지만 세상에 아무거나 먹어도 괜찮은 사람은 없다. 여성이 강하게 의견을 피력하면 미움받는 경우가 많아 무의식적으로 상대에게 선택권을 양보하고 있었는지도 모른다. 점심 메뉴를 양보하는 것부터 계속해서 인생의 많은 것들을 남을 위해 희생해오고 있었다면, 다음번에는 의식적으로라도 자신의 의견을 내세우고 결정하는 연습을 해보자.

미안한 마음에, 밉보이고 싶지 않은 마음에 자신을 희생하고 시간을 낭비하기에 우리 인생은 너무도 짧다. 거절은 상대방을 거부하는 것이 아니라 당신의 우선순위를 명확히 확립하는 일이다. 비행기에서도 긴급 상황에서 본인이 먼저 산소마스크를 쓰고 옆 사람을 도울 수 있는 것처럼, 내 삶의 우선순위를 먼저 처리한 뒤에야 진정으로 남을 도울 수 있다.

피플 플리저의 기저에 깔린 심리는 '인정 욕구'다. 그 인정은 이제부터 외부에서가 아니라 자신의 내부에서 구하길 바란다. 자신의 욕구를 우선시하고, 상대방과 의견이 달라도 자기 의견을 소신껏 주장하는 나 자신을 인정해주자. 또다시 우리 내면의 과잉 친절러가 불쑥 고개를 들이밀려고 한다면 이 말을 되새겨보자. 우리가 진정 잘 보여야 할 사람은 오로지 나 자신뿐이라고.

서른, 늙는 거 아니고 무르익는 중

많은 사람이 서른은 청춘의 끝자락이자 소란스러웠던 파티의 끝으로 여긴다. 계절로 치자면 처연한 늦여름이고, 더 이상 밤새 술을 마시는 게 귀엽게 여겨지지 않는 나이라고 한다. 무엇보다 여성의 가치는 20대에 피크에 달하고 그 이후로 구형 자동차나 오피스텔처럼 감가상각이 된다는 우울한 소리를 해댄다. 하도 세상이 겁을 주길래 서른이 되면 인생이 끝나는 줄 알았다.

"벌써 서른이 다 돼간다니. 우리도 이제 늙었네."

친구들과의 술자리에서 어김없이 자조 섞인 이야기가 나왔다. 상상했던 서른과 현실의 서른이 얼마나 다른

지, 피부의 회복 속도와 신진대사도 예전 같지 않다며 자조적인 이야기를 나누다 누군가가 이런 말을 했다.

"근데 우리 스물한 살에도 이랬던 거 기억나?"

듣고 보니 그랬다. 그때도 우린 한 번뿐인 스무 살이 끝났다며 세상이 무너진 것마냥 오버를 떨었다. 지금 생각해보면 그저 유치하고 귀여울 따름인데. 아마 마흔의 우리가 징징대는 지금의 우리를 본다면 기함을 토하겠지.

사람은 지나간 추억을 미화하고 젊은 시절이 항상 아름다웠다고 착각을 한다. 그런데 젊음이 인생의 클라이맥스라는 생각은 대체 어디서 온 걸까. 돌이켜보면 20대가 찬란하기만 했던 것은 아니었다. 미래에 대한 불안감으로 잠 못 들던 밤이 많았고, 내면의 목소리를 듣는 것보다 남에게 잘 보이기 위해 더 많은 시간을 낭비했었다.

젊은 시절 고생이 고생인지도 모르고 살아온 우리 엄마는 50대에 접어든 지금의 삶이 가장 행복하다고 했다. 힘들게 돈을 모아 산 아파트 값이 올랐고, 40대가 돼서 힘들게 재취업한 회사에서 뒤늦게 성과를 인정받고 있다. 자식들도 제법 밥벌이를 하는 어른으로 자라나 걱정거리도 덜었다. 엄마는 우직하고 근면한 농부처럼 삶을 대해왔고 중년이 되어 그 결실을 모조리 수확했다. 20년 전 사진 속 엄마는 분명 젊어 보이지만 어딘가 날카롭고 예민해 보인다. 하지만 오늘의 엄마는 여유로움이 넘친다. 그녀에게 있어 어제보다는 오늘이 인생의 황금기다.

누군가는 이제 서른이 됐으니 새로운 도전은 그만두고 슬슬 정착해야 하지 않겠냐며, 결혼 준비도 조금씩 하라며 오지랖을 부리기도 한다. 서른 살이 뭐라고 인생이 끝나는 것처럼 조언하는 걸까? '스물다섯 살에 전공을 바꿔도 괜찮을까요?', '마흔에 새로운 직업에 도전해도 괜찮을까요?', '일흔 살에 새로운 사랑을 꿈꿔도 괜찮을까요?' 등 이에 대한 모든 답은 '그렇다'이다. 이번 생이 늦었다고 포기하면 다음 생에 시도할 작정인가? 언제 올지 모르는 다음 생에 기회를 맡기지 말자. 인생은 서른에, 마흔에, 쉰에 끝나지 않는다.

KFC의 창업자 할랜드 샌더스는 일흔이 돼서야 프라이드치킨 사업을 시작했다. 웨딩드레스 디자이너 베라 왕은 스케이터이자 저널리스트였고 마흔 살 때 패션 산업에 뛰어들었다. 미국 요리의 대모라고도 불리는 줄리아 차일드는 쉰 살이 돼서야 첫 요리책을 발간했다. 그렇기에 서른이 될 때까지 인생의 마일스톤을 달성하지 못했다고 해서 슬퍼할 일도 아니고, 누군가의 성공과 내 삶을 비교할 것도 없다. 우리는 각자 다른 시간대를 살아가고 있을 뿐이다. 금성의 하루는 지구의 시간으로 1년이지만 그 누구도 금성에게 느리다고 타박하지 않는다. 그저 당신만의 속도로 당신의 우주를 누비면 된다.

지금보다 어렸던 나는 걱정이 많았고 내가 좋아하는 것에 대해 확신도 없었다. 나를 갉아먹는 사람들을 끊어낼 용기도 없었을뿐더러 남들에게 좋은 사람이 되려고 노력하기 바빴다. 그러니 지금의 나로 사는 게 좋다. 누군가 10년 전으로 시간을 돌려준다고 해도 그다지 끌리지 않는다. 경험과 통장 잔고까지 모조리 가져갈 수 있다면 모를까. 우리가 서른을 기대해야 하는 이유는 다음과 같다.

1. 개소리 구별 능력이 향상하고, 소중한 인연이 누구인지 가릴 수 있게 된다. 독이 되는 인간관계에 더 이상 얽매이지 않는다.

2. 좋아하는 것에 대한 기준과 주관이 생겨난다.

3. 내 감정을 인정하고 자기 자신을 위해 행동하는 법을 알게 된다.

4. 가고 싶지 않은 모임에 꾸역꾸역 갈 필요가 없음을 깨닫는다. 금요일 밤 소파에 편안하게 누워 와인을 마시며 넷플릭스를 시청해도 그 누구도 뭐라고 하지 않는다는 것을 알기에.

5. 있는 그대로의 나를 받아들일 수 있게 된다. 결점을 돋보기로 확대해서 보며 우울해했던 지난날과는 달리 이제는 "그래서 뭐, 이게 난데"라며 대수롭지 않게 넘길 배짱이 생긴다.

6. 시간이 흐를수록 삶이 나아질 거라는 확신이 커진다. 〈하버드 비즈니스 리뷰Harvard Business Review〉에 실린 연구에 따르면 30대 후반부터 삶에 대한 만족도가 더욱 상승한다고 한다.[13] 스트레스 레벨도 증가하지만 이를 컨트롤할 수 있는 능력 역시 향상되기 때문이다.

7. 예기치 못한 일들이 일어나도 담담해진다. 엎지른 커피는 닦으면 되고 실수는 수습하면 된다는 것을 이미 경험했으니까.

8. 여드름도 안 난다. (아마도!)

나이 드는 일이 기대된다. 삶이 던지는 예상치 못한 변화구에 얻어맞고 가끔 노력마저 배신당하곤 하지만, 한 가지 확실한 건 그럼에도 불구하고 별 탈 없을 거라는 믿음이 있다는 것이다. 어떻게든 위기를 헤쳐 나갈 방법을 찾아낼 것이며, 우직하고 담담하게 살다 보면 분명 괜찮은 하루들이 선물처럼 올 거란 사실도 이젠 안다.

아무나 돼도 괜찮은

예능 프로그램에서 이효리가 아홉 살 여자아이에게 "어른이 되면 무엇이 되고 싶냐"고 물었더니, 옆에서 남성 출연자가 대뜸 "훌륭한 사람이 돼야지"라고 말했다. 이에 반박하는 이효리의 말이 짜릿했다.

그녀는 담담하게 "무슨 훌륭한 사람이 돼, 그냥 아무나 돼"라고 말했다. 지금 그대로 좋으니 커서 혹여 성형수술할 생각은 하지 말라는 말을 덧붙이는 것을 보니 그녀가 한 말의 의도는 이처럼 들린다. 단순히 평범한 사람이 돼도 괜찮다고 말하는 게 아니라, 세상이 너에게 요구하는 기준에 귀를 기울이며 살 필요는 없다는 의미로. 사회가 권장하는 훌륭한 표준형 인간 여성의 삶을 살기보다 있는 그대로의 자신으로 살면 된다고 말이다.

나이가 들수록 세상에는 표준형 인간 여성과 비표준형 인간 여성이 존재한다는 불편한 진실이 자꾸만 피부에 와닿는다. 이를테면 20대와 30대의 경계를 지나는 여성인 나에게 주어진 미션은 다음과 같다. 4년제 대학을 졸업해서 대기업에 취직하거나 교사가 될 것. 165센티미터에 45킬로그램의 몸매를 가질 것. 8,000만 원 정도를 모아 서른두 살 언저리에 결혼해 아이는 두 명쯤 낳을 것. 이토록 구체적인 기준을 제시한다.

이 기준에서 벗어나거나 인생의 어느 기점마다 정확히 주어지는 목표를 달성하지 못한 인간들은 지워지거나 삶의 커튼 뒤로 숨겨진다. 4년제 대학을 졸업하지 못한 친구와 마흔의 나이에도 결혼하지 않은 여성의 이야기를 들어본 적 없던 나는 자연스레 사회가 제시하는 기준과 훌륭한 표준형 인간 여성의 삶을 따르는 것, 그것만이 유일한 선택지라고 믿게 됐던 것 같다.

하지만 애석하게도 표준형 인간이라는 것은 환상이다. 인간은 하나의 틀로 찍어낼 수 있는 양산품이 아니다. 그럼에도 시스템의 효율화를 위해 사회는 표준화된 인간

상을 만들고 개인이 이 기준에서 벗어나려고 하면 압력을 가하거나 배제함으로써 통제하려 든다. 실존하는 개개인의 특성을 모두 인정하고 포용하기에는 사회 시스템적으로 많은 비용과 에너지가 소모되기 때문이다.

예를 들면 이런 식이다. 낮은 출산율을 해결하기 위한 정부의 정책은 신혼부부를 대상으로 한다. 그렇다면 미혼모는? 이것에는 남성과 여성이 결합해 아이를 낳는 전통적인 핵가족이 사회가 추구하는 가치이며 이에 벗어나면 비정상으로 간주하겠다는, 그러니 잠자코 대세를 따르라는 메시지가 담겨 있다.

가부장제가 사회의 지배 이데올로기인 이곳에서 여성이 자신이 원하는 삶을 살아가는 것, 또는 자신이 진정 바라는 삶이 무엇인지 투명하게 깨닫게 되는 일은 너무나도 힘들다. 조선 시대 열녀들이 자발적으로 남편을 따라 목숨을 바쳐가며 그것이 자기가 원하는 바라는 확신에 차 있었던 것처럼, 결혼해서 엄마가 되는 것 외에는 선택지가 없었던 우리 윗세대 여성들의 인생처럼, 우리는 이 끔찍한 최면에서 조금이나마 빨리 깨어나야 한다.

방법은 간단하다. 사회가 정의한 표준에서 벗어난 삶들을 살아가는 여성의 이야기에 귀 기울이는 것이다.

야망으로 득실거리는 여성의 삶. 자신만의 삶을 영위하는 어느 40대 여성의 일상. 욕망으로 가득한 노년의 사랑. 인생에 오직 한 가지 길만 존재하는 것이 아니란 걸, 생각보다 다양한 옵션이 있다는 것을 우리 여성 모두가 깨달을 수 있도록 떠들어야 한다.

자신이 원하는 것이라면 그 무엇이 돼도 괜찮은 곳. 주류가 아닌 삶을 부정당하지 않는 곳. 무엇보다 자라나는 딸들에게 있는 그대로를 사랑할 수 있도록 만드는 곳. 그런 세상이 얼른 오기를 바란다.

취향과 주관이 확고한 사람이 되는 법

속담에 이런 말이 있지 않나. "모난 돌이 정 맞는다"고. 이 말은 튀거나 나대면 정을 맞을 수도 있으니 알아서 처신 잘하라는 뜻이다. 우리 사회는 유독 남들과 좀 다른 사람에게 인내심이 없다. 그래서 우리는 미움받고 싶지 않고 괜한 눈총을 받고 싶지 않아서, 별난 사람이라는 평가를 받기 싫어 부단히 눈치를 본다. 자기가 정작 좋아하는 게 뭔지 생각하지 못하게 되고 남들의 생각과 내 의견이 좀 달라도 웃어넘기고 만다. 그때마다 반짝거리던 내 모습이 조금씩 갈리고 마모되는지도 모르고.

당시 나는 동유럽을 몇 개월간 홀로 배낭여행을 하

던 중이었다. 우연히 만난 친구들과 저녁을 먹을 겸 골드 피쉬라는 이름의 바로 향했다. 골드 피쉬를 기억하는 이유는 영화 〈해리 포터Harry Potter〉 시리즈 속 다이애건 앨리로 향하는 비밀의 문이 있을 것 같은 신비로운 분위기 때문도 있지만, 그보다는 내가 나라는 사람에 대해 아는 게 없다는 뼈아픈 자기 성찰을 하게 만든 곳이라 그렇다.

그날따라 유독 독특한 색채를 발산하는 사람들이 많았다. 이집트 출신의 평화주의자로 종교 갈등에 관심이 많은 액티비스트 모하메드, 분쟁 지역을 여행하면서 참상을 알리고 〈뉴욕타임스The New York Times〉 등에 기고하는 대니얼, 예술적인 영감으로 가득한 보스니아 출신의 파티마. 그들은 정말이지, 자기 자신에 대한 확신이 넘쳐 보였다. 확고한 정치적 신념을 가지고 있었고 이를 표현하는 데 거침이 없었다. 의견이 다르면 우아하게 서로를 존중하면서도 무작정 동의하지도 않았다. 더불어 문학이든 음악이든 아니면 이 한 잔의 술이든 자신이 좋아하는 것에 대한 기준도 확실했다. 그들의 열정적인 대화의 한가운데 섞여 있으니 마치 원 테이크 영화 속에라도 들어온 기분이었다. 때마침 배경도 유럽이지 않은가.

그러던 중 대니얼이 내게 "그래서 좋아하는 음악 장

르는 뭐냐"는 질문을 불쑥 던졌다. 나는 머쓱하게 "주간 차트 Top 40"라고 말하고는 입이 말라 오렌지 캄파리를 한 모금 털어 넣었다. 그들은 내 말에 "너 유머 감각이 장난 아니네" 하며 웃음을 터뜨렸다. 그래, 웃음이라도 줬으니 됐다며 스스로를 위로했다. 계속되는 그들의 대화에 집중하지 못하고 벽에 있는 격자무늬 개수나 세면서 속으로 생각했다. 내가 이렇게 재미없는 인간이었다니. 딱히 좋아하는 것 없이 물 흐르듯 살았다니. 사수하고 싶은 소중한 신념도 없고, 누군가 내 말에 조금이라도 반박하면 심장이 빨라지면서 스스로를 의심했다. 평생을 함께했으면서도 나는 여전히 내가 누군지 모르고 있었다. 어쩌다 이렇게 됐을까.

시작은 아마 학창 시절부터였을 것이다. 또래 집단에게 쟤는 좀 특이한 애라는 낙인이 찍히는 게 두려워 별나다고 지적받았던 내 특성들을 감추고 지냈다. 획일적이고 꽉 막힌 학교 분위기도 한몫했다. 아침 일곱 시부터 밤 열한 시까지 학교에 남아 오로지 정답을 맞히기 위한 공부를 했다. 선생님의 의견에 반대하는 건 상상할 수도 없었고, 때때로 학생들을 길들이겠다는 명목 아래 선생님들은 폭력을 행사하기도 했다. 그렇게 나는 내 개성과 특색을 사포로 갈아 평평하고 고르게 하며 점차 납작해져 갔다. 정해진 시스템을 의심하지 않는 성실한 사람, 똑같은 틀로 찍어 대량 생산한 공장형 사람이 됐다. 의견을 적극적으로 피력하지 않고 최대한 남들에게 묻어가는 게 쉬웠다.

새삼스럽게 내가 누군지, 아니 그보다는 내가 어떤 사람이 되고 싶은지에 대해 탐구하기 시작했다. 확고한 취향과 주관을 갖는 것은 어지러운 세상에 단단하게 뿌리내리기 위한 선행 조건이다. 우리가 외부의 시선과 말에 흔들리는 것은 자기를 잘 알지 못하기 때문이다. A를 좋아하는지 B를 좋아하는지 나조차 헷갈리는 상태에서 누군가 "너는 A를 좋아하잖아"라고 말하면 나도 모르게 고개를 끄덕이게 되는 것이다. 세상은 그런 방식으로 우리를 간단히 흔든다.

나만의 취향과 주관을 개발하기 위해서는 무엇을 해야 할까? 경험상 몸으로 때우는 것 외에는 딱히 답이 없다. 배스킨라빈스에서 내 입맛에 맞는 아이스크림을 찾으려면 맛보기 스푼으로 몇 번이고 직접 먹어보는 수밖에 없는 것처럼. 여기서 가장 중요한 것은 시작하기도 전에 지레짐작하지 않는 마음가짐을 가지는 것이다. 뜻밖의 시도에서 의외의 것을 발견하게 될지도 모르니까.

내 경우에도 웨이트 트레이닝을 하기 전에는 운동 기구 때문에 거리감이 느껴졌는데, 일단 시도해봤더니 생각보다 재능이 있다는 것을 알게 됐다. 지금은 주 3회씩 내 몸무게보다 무거운 중량으로 스쿼트을 한다. 보기에 별로 맛없어 보였던 터키식 디저트 바클라바는 내 인생 디저트로 등극했다. 그런 작디작은 경험들이 쌓이면서 덕분에 일단 하고 보는 경험주의자로 살게 됐다. 경험을 확장시킬 수 있는 방법으로는 다음과 같다.

1. 카페나 레스토랑에서 신메뉴를 먹어본다. 맛있으면 인생 음식으로 삼으면 되고, 맛없으면 그저 친구들에게 들려줄 재미난 에피소드 하나 생긴 셈 치자.

2. 나와 정반대의 문화권에서 자란 사람과 깊은 대화를 나눠본다. 내가 당연하게 생각했던 것들이 실은 당연하지 않을 수도 있다는 귀중한 경험을 할 수 있다. 그만큼 내 세계는 확장될 것이고, 새로운 것에 대한 면역력이 생겨 한층 말랑말랑한 사람이 될 수 있을 것이다.

3. 외국에서 한 달 이상 거주해본다. 여행자로 잠깐 방문하는 것과

이방인으로 직접 살아보는 것은 차이가 크다. 모국에서 지니고 있던 사회적 지위, 보호막, 가족이나 친구 없이 홀로 살다 보면 본연의 내 모습이 더욱 투명하게 보인다.

4. 한 분야의 오타쿠가 돼본다. 특정 장르나 분야에 대해 언급하면 주변 사람 모두가 당신을 떠올릴 만큼 열정을 가져보자. 이를테면 18~19세기 영국을 배경으로 한 고전 영화를 전부 보거나, 로마 공화정 시대의 역사를 탐구해보거나, 벨기에 맥주에 흠뻑 빠지거나, 베트남 남부 지역 음식을 만들어보는 것이다. 이 과정에서 자연스레 자신만의 캐릭터를 구축해나갈 수 있을 것이다. 매력적인 사람이 되는 건 덤이다.

5. 가끔 안 하던 짓을 해본다. 거창한 일일 필요는 없다. 퇴근길에 색다른 길을 걸어보거나 일상의 루틴을 바꿔보는 것, 평소 들어본 적 없던 장르의 음악을 들어보는 것, 집 안의 가구 배치를 바꾸는 것도 좋은 방법이다.

6. 스스로에게 질문을 해본다. 내 의견이라고 생각했던 것들이 사실은 타인으로부터 주입된 의견은 아닌가? 누군가가 스쳐 지나가듯이 한 말을 사실 확인도 없이 그대로 믿어버린 적은 없는가? 자신이 믿고 있는 신념에 대해서 한 발짝 물러서서 질문해보자.

7. 나는 무엇이든 될 수 있음을 인정해본다. '웨이트 트레이닝을 열심히 하면서 머리가 아플 정도로 달달한 터키식 디저트를 좋아하

는 사람.' 이 문장이 모순적으로 들리는 이유는 사회가 규정한 이미지에 부합하지 않기 때문이다. 운동을 열심히 하는 사람은 케일 주스만 갈아먹고 철저하게 식단 관리를 한다는 이미지가 있지만, 사회가 규정한 것들을 무시하고 뻔뻔하고 당당하게 나로 살아가보자.

깊숙한 곳에 숨어 있는 나 스스로를 발견하고 나 자신을 주체적인 인물로 만들어가는 과정을 통해 사회가 만들어낸 컬러 차트에 들어맞지 않는 디테일한 개인이 돼보는 것이다. '쟤 왜 저래'라는 타인의 따가운 시선을 받을 수도 있지만 되도록 개의치 않기로 하자. 남들의 의견이라는 실체도 없고 보이지도 않는 것을 신경 쓰기엔 인생은 너무나 짧으니까.

자기착취에서 벗어나 미타임을 즐기기

    요즘 어떠냐는 질문에 바쁘다고 대답하는 게 일상이 됐다. 그 대답에는 사실 힘들다는 투정과 '나 이렇게 열심히 살고 잘나가는 사람이야'라는 은근한 자랑도 섞여 있었음을 이제 와 고백한다. 나름 잘 살고 있다고 생각했다. 직장도 나쁘지 않고 곧 서울에 내 명의로 된 전셋집을 구할 수 있겠다는 자신도 있었다. 야근을 하면서도 일주일에 세 번은 헬스장을 방문했고, 투잡으로 영어 과외도 했다. 그럼에도 불구하고 어딘가 자꾸 스스로 부족하다는 생각이 들었다. 내 삶을 더욱 발전시킬 수 있는 특별한 방법이 있을 것 같았다.

자기계발은 나의 종교였다. 핀터레스트의 동기 부여 문구들을 시간 날 때마다 복기하곤 했다. 내가 자기계발이란 종교의 열렬한 신봉자가 된 이유는 불안했기 때문인지도 모른다. 대학에 가고 무사히 취업도 했지만 진짜 경쟁은 이제부터 시작이었다. 경쟁 사회에서 내 자리를 사수하는 것은 쉽지 않았다. 남들보다 한 시간 일찍 일어나면 성공할 수 있지 않을까, 투잡을 뛰면 내가 원하는 미래에 가까워질 수 있지 않을까 생각했다. 번아웃이 올 것 같으면 팀 페리스의 책을 읽고, 자기계발 구루들의 팟캐스트를 들었다.

그렇게 나는 신경 안정제를 과다복용하는 사람처럼 어느새 자기계발을 일삼고 있었다. 어느 날부터 숨이 잘 쉬어지지 않기 시작했고, 왼쪽 가슴이 찌릿찌릿하게 아파왔다. 경고 신호를 나보다 먼저 감지한 팀장님은 나에게 야근을 금지했다. 주변 사람들도 걱정의 시선을 보내왔다. 고장 나 삐걱거리고 있다는 사실을 나만 몰랐다.

2주 동안 못 갔던 요가 클래스에 오늘은 꼭 가야겠다고 생각했다. 고백하자면 지독한 자기착취형 인간의 표본으로서 지난 주말에 세운 위클리 플랜을 이수해야겠다는 생각에서였다. 마지막 자세를 마치고 매트에 누웠다.

요가원의 모든 불이 꺼지고 희미하게 퍼지는 파출리 오일 향을 맡았다. 적막과 고요가 흘렀지만 내 머릿속은 웅웅 소리를 내며 돌아가는 컴퓨터처럼 시끄러웠다. 월요일에 있을 중요한 미팅과 수요일까지 완성해야 하는 보고서 생각이 줄줄이 떠올랐다. 그때 요가 선생님이 수업 중 했던 말이 생각났다.

"인생이 힘겨운 건 마음이 현재에 살고 있지 않기 때문이에요. 마음이 과거에 있는 사람은 고통스럽고, 마음이 미래에 있는 사람은 불안해요. 그것이 우리가 현재를 살고, 지금 이 호흡에 집중해야 하는 이유입니다."

내 시선은 언제나 미래에 머물러 있어 현재의 내가 보내는 경고를 알아채지 못했다. 내 감정들을 가만 들여다본 게 마지막으로 언제였을까? 보상처럼 간헐적으로 찾아오는 휴식 시간마저 지난 성취를 곱씹고 다음 목표를 세우는 데 사용했다. 나에게 미안했다. 큰 짐을 어깨에 얹고 사는 나를 위해 이제부터라도 한 달에 한 번 나를 위한 휴식 시간인 미타임Me Time을 가져보기로 다짐했다. 이때 무엇을 하며 보내야 할지 감이 오지 않는 나와 같은 자기착취형 사람들을 위해 아이디어를 공유해본다. 참고해 자신의 취향에 따라 자유롭게 활용해보길 바란다.

1. 스스로에게 아무것도 하지 않을 권리를 부여한다. 효율이 극대화된 삶을 사는 사람은 휴식의 시간마저 무언가로 채우지 않으면 안된다는 생각을 한다. 아무것도 안 할 때 느껴지는 죄책감을 떨쳐버리고, 의식적으로 아무것도 하지 않고 편히 쉬도록 한다.

2. 자기만의 시간을 즐길 수 있게 외부와의 연락을 차단한다. 친밀한 사람과의 상호 작용에서 오는 긍정적인 부산물들을 무시할수는 없지만, 미타임의 목적은 오로지 자신에게 집중하고 그동안무시한 내면의 목소리를 듣는 데 있다. 자기 자신에게 온전히 집중하며 마음을 차분히 다스려보자.

3. 공간을 음악과 향기로 채운다. 브루노 마스의 〈Lazy Song〉을 들으면서 오늘만큼은 정말 게으르고 이기적인 시간을 보내겠다고다짐해도 좋고, 잔잔한 재즈나 기분이 좋아지는 레게를 들어도 좋다. 가사가 방해된다면 유튜브에서 ASMR을 듣는 것도 방법이다.발리의 비치 카페나 파리의 레스토랑에 앉아 있는 기분을 느끼게해주는 다양한 ASMR이 있으니 취향대로 골라 들으면 된다. 그다음엔 캔들을 피워 주변을 환기시킨다. 나는 양키캔들의 Beach Walk를 특히 좋아하는데, 이 향은 마치 샤워를 한 다음 맨발로부드러운 화이트 비치를 걷는 것 같은 기분을 만끽하게 해준다.

4. 라벤더 허니티를 마시고 치즈 스콘을 먹는다. 비싸서 매일 먹을수 없는 고급 디저트를 즐겨도 좋고, 직접 내린 커피를 마셔도 좋

다. 나는 가끔 백화점 디저트 코너에 가서 에끌레르와 밀푀유를 선물 포장까지 해온다. 나에게 줄 선물이니까.

5. 지금 내 기분은 어떤지, 지난 한 주간 나를 스쳐 간 감정들은 무엇이었는지 적어본다. 시작이 어려울 뿐, 막상 쓰기 시작하면 서운한 감정을 고백하는 아이처럼 줄줄 쏟아져 나올 것이다. 자신의 감정을 되돌아보고 이해해주자. 그렇지 않으면 지금 당장은 괜찮을지 몰라도 언젠가 물때가 끼어 마음이 불투명해질지 모른다.

6. 마음을 청소했으니 몸도 청소할 차례다. 따뜻한 물로 목욕하자. 배스솔트를 넣은 욕조에 누우면 지난밤 나를 괴롭혔던 걱정거리들이 가벼워진다. 페미니즘의 고전 《벨자Bell Jar》를 쓴 실비아 플라스는 이런 말을 했다. "세상에 따뜻한 목욕이 치유하지 못하는 것이 있기야 하겠지만, 그렇게 많지는 않을 것이다."

7. 평소 시간 낭비라고 생각해 잘 하지 못했던 것들을 즐거운 마음으로 한다. 치즈, 올리브 그리고 프로슈토가 올라간 플래터에 저렴한 편의점 와인을 마시며, 어릴 적 좋아했던 애니메이션이나 넷플릭스에서 스탠드 업 코미디를 (주제는 기왕이면 가벼운 것으로) 보거나 책을 읽으며 시간을 보낸다.

8. 셀프 케어를 하며 스스로를 극진하게 대해보자. 나는 보통 근육이 뭉친 부위에 페퍼민트 오일을 바르고 티트리 모델링 팩을 하는 편이다.

우리에겐 가끔 그런 날이 필요하다. 나와 내 자아를 분리해 마치 귀한 손님을 모시듯 스스로를 극진하게 대하는 특별한 날이. 결코 순탄치만은 않은 이 삶을 묵묵히 살아가는 나를 위로해줘야 하는 날이. 우리는 충분히 그럴 자격이 있다.

미친 외모 경쟁 레이스에서 이만 탈주하겠습니다

20대 초반에는 성형 수술이 하고 싶었다. 누군가로부터 "코끝만 살짝 고치면 좋을 텐데"라는 말을 들은 이후 별 관심 없던 내 코가 눈에 자꾸 걸렸다. 코에 대한 집착이 심해지자 내 얼굴을 왜곡해서 받아들이는 지경에 이르기까지 했다. 무엇보다 지하철, 버스 정류장을 지나칠 때마다 수많은 성형 광고를 보고, "누가 이번에 무슨 수술을 했다는데 예쁘더라"라는 말을 수시로 듣다 보니 '이쯤 되면 성형을 하지 않는 나만 손해가 아닐까', '무릇 자기 관리가 투철한 여성이라면 투자해봐야 하는 게 아닐까'라는 이상한 생각이 들었다.

하루는 큰마음을 먹고 친구와 함께 성형외과 상담을 받았다. 코디네이터라는 사람이 나와 내 친구의 얼굴을 고기 재듯 재단하며 우리가 인식하지 못했던 단점들을 쏙쏙 집어내기 시작했다.

그녀의 말에 따르면 이랬다. 이마는 완만한 곡선을 이뤄야 한다. 귀족 수술을 하면 요즘 트렌드의 얼굴이 될 수 있다. 코는 세련된 일자 코나 스테디셀러인 버선코 중 하고 싶은 걸로 하면 된다. 여유가 되면 눈 아래와 턱 끝에 필러를 살짝 넣어 디테일을 살리면 좋다. 듣다 보니 저대로 수술을 하면 죽는 거 아닌가 싶었다. 압권은 코디네이터의 마지막 말이었다.

"그런데 그거 아세요? 만족도가 가장 높은 성형 수술은 바로 가슴 수술이라는 거?"

차라리 나를 흙으로 다시 빚어내는 게 빠르지 않을까. 코디네이터는 견적을 내밀며 장담했다. 예뻐지면 행복해질 거라고. 불완전한 나를 완전한 인간으로 만들어줌으로써 더 나은 삶을 약속하는 보증 수표가 돼줄 거라고. 상담 과정이 너무도 적나라해 마치 내 존재 자체를 부정당한 느낌이 들었다. 심지어 성형 비용을 내려면 캐나다로 워킹 홀리데이를 가려고 모아둔 돈을 모조리 써야만 했다. 고민 끝에 나는 성형 대신 캐나다행 비행기 티켓을 선택했다. 돌이켜보니 만약 내가 성형 수술을 택했으면 지금과 얼마나 다른 삶을 살고 있을지 가슴이 서늘하고 아찔해진다.

나는 부족한 존재이고 더 멋진 삶을 원한다면 입술에 필러를 맞아야 한다고 주장하는 소음에서 벗어나 홀로만의 시간을 보내면서 스스로에 대한 믿음이 차츰 생겨났고, 내가 진정 원하는 게 무엇인지 점점 감이 잡히기 시작했다. 어느 날 펌킨 스파이스 라테를 마시며 햇살이 가득한 잉글리시 베이를 걷는데 문득 '어? 나 지금 행복하네?'라는 생각이 들었다. 그동안 나를 괴롭혔던 수많은 머릿속의 잡음과 문제들이 먼지처럼 느껴졌고, 몇 년 전에 성형 수술을 감행할까 말까 진지하게 고민했던 것들이 농담처럼 느껴졌다. 내가 그런 고민을 했었다니. 지금은 정말 아무렇지도 않다니.

결국 나는 아름다운 외모로 남들의 인정을 받거나 누군가의 사랑을 쟁취하면 행복해질 거라고 착각해왔던 것이다. 그도 그럴 게 영화에서는 섹시하고 재치 있는 모습으로 부자 남성의 시혜적인 사랑을 받는 것이 여성이 차지할 수 있는 가장 큰 행복처럼 그려진다. 아름다운 외모로 수많은 인스타그램 팔로워를 거느리거나 팬을 갖는 게 여성이 가질 수 있는 유일한 권력처럼 보인다. 반면 남성들은 어떤가? 민주언론시민연합 방송 모니터링 위원회에 따르면 2019년 열 개 방송사 드라마에서 재벌 및 고소득 전문직군의 경우 남성이 주인공인 비율이 여성보다 두 배 가까이 높았다고 한다. 의료직군의 경우도 여성은 아홉 명인데 반해, 남성은 스물다섯 명으로 여성보다 2.5배 이상 많았다.[14]

미디어가 던지는 메시지는 이렇다. 남성은 원하는 것을 욕망하고 쟁취하며 권력, 돈, 행복을 주체적으로 좇지만, 여성은 그저 아름다운 외모로 부자 남성에게 '간택당함'으로써 부수적으로 딸려오는 권력과 돈에 근근이 기생해서 산다는 것이다. 여기서 우리를 혼란스럽게 하는 것은 주체적으로 외모를 관리하는 행위가 내 삶을 능동적으로 개선하고 있다는 착각을 일으킨다는 점이다. 사실 여성들이 본질적으로 원하는 것은 단순한 아름다움이 아니라 행복하게 살게 만들 가능성을 높여줄 유능감과 권력인데도 말이다.

성형외과 의사, 코디네이터, 화장품 회사, 다이어트 식품 회사는 여성의 불행을 좀먹고 자란다. 그들은 "Love

Yourself"라고 적힌 스파클링 핑크색 문구로 포장하며 이 모든 게 마치 더 나은 삶으로 가는 투자라고 떠들지만 정작 우리가 스스로를 있는 그대로 인정하고 사랑하는 걸 가장 원치 않는 이익 집단 아닌가?

끊임없이 여성들에게 외모로 서열을 매기고, 여성이 아무리 고시 3관왕을 해봤자 젊고 아름답지 않으면 소용없다고 깎아내리는 사회에서 온전한 정신을 유지하기 위한 방법으로는 뭐가 있을까? 먼저 거울을 의식적으로 덜 보는 방법이 있다. 나 역시 강박적으로 거울을 보며 화장이 떴는지, 립스틱은 지워지지 않았는지 매번 확인하던 때가 있었다. 미처 다듬지 못한 눈썹이나 고데기가 풀린 머리를 발견이라도 하는 날에는 하루 종일 불안하고 집으로 돌아가고 싶어 했다. 거울을 자주 보면 시선이 자신에게만 향하게 되고 그러다 보면 주변을 놓치게 된다. 우리 얼굴의 단점들은 생각보다 사소하다는 것을 깨닫자.

연예인과 소셜 미디어 속 사람들과 자기 외모를 비교하며 스스로를 깎아내리지 말자. 멋져 보이는 것이 직업인 그들을 미의 기준으로 삼기 시작하면 '왜 저들처럼 예쁘지 않을까?'라는 고민을 끊임없이 하게 되고, 사회는 이를 기다렸다는 듯이 엉터리 해답을 제시한다.

"눈 200, 코 300, 가슴 500입니다. 카드 결제인가요, 현금 결제인가요?"

더군다나 인스타그램과 같이 자신의 모습을 여과 없이 드러내는 플랫폼이 유행하면서 남과 비교하는 일이 더욱 빈번해졌다. 여기에 과장된 필터와 포토샵 앱도 한몫한다. 스냅챗 앱의 필터를 적용한 얼굴과 실제 자기 얼굴과의 괴리를 견디지 못해 성형 수술을 감행하는 사람들이 늘어나 '스냅챗 디스모피아Snapchat Dysmorphia'라는 신조어까지 생겼다고 한다. 미국 드라마 〈가십걸Gossip Girl〉의 세레나를 연기한 블레이크 라이블리도 패션 잡지 〈하퍼스 바자Harper's Bazzar〉와의 인터뷰에서 다음과 같이 말했다.

"여러분들은 온라인에 업로드된 이미지와 자기 자신을 비교하지 않아야 해요. 저와 같은 연기자와 모델에게 있어 날씬하게 보이는 것은 직업상의 업무일 뿐입니다. 우리는 전문 트레이너의 도움을 받아 운동을 하고 식단도 관리받습니다. 무엇보다 99.9퍼센트의 사진들은 포토샵으로 다듬어진다는 것이죠. … 저는 모든 사진에 이 사진은 리터치가 됐다는 캡션이 추가돼야 한다고 생각합니다."

나도 한때 인스타그램에서 벌어지는 무한 경쟁에 참

여했던 적이 있다. 나름 마음에 들어 사진을 업로드했는데, 남들의 사진과 비교해보니 필터를 쓰지 않아서 그런지 칙칙해 보였다. 포토샵 앱으로 필터를 입히고, 눈을 키우고, 턱을 깎기 시작했다. 수정된 사진 속에는 내가 아닌 다른 여성이 있었다.

고백하자면 내 얼굴이 잘 나온 사진 한 장을 건지기 위해 여행을 가서 즐기지 못한 적도 있었다. 동남아의 작열하는 태양 아래 땀을 흘리며 50장의 사진을 찍고 나니 이건 아닌 것 같다는 생각이 들었다. 내가 아닌 사진으로 '좋아요'를 많이 받는다고 해서 무슨 의미가 있을까? 멋진 여행지에서의 잘 나온 내 사진을 보고 아마 누군가는 부러워할 수 있겠지만, 그게 얼마나 지속될까? 단 1분 정도 아닐까? 그 1분을 위해 나는 수십 장의 사진을 찍고, 수정하는 데 많은 시간을 소비하는 것도 모자라 여행지에서의 경험마저 포기했다는 게 억울하기도 했다.

시간이 흐르고 나서 사진첩을 훑다 보면 잘 나온 셀카보다 친구들과 즐거운 시간을 보내며 웃고 있는 사진들에 더 시선이 갔다. 화질도 별로고 입은 목구멍이 보일 정도로 크게 웃는데, 그 사진에서 당시 행복했던 감정이 고스란히 느껴졌다. 그때 깨달았다. 나는 이 순간들을 좀 더 즐겼어야 했다는 것을. 그래서 이제 더 이상 나는 잘 나온 사진에 연연하지 않기로 했다. 여행지의 태양과 바람, 레몬그라스 향기를 온전히 느끼고, 집 앞 카페에서 친구와 만나 그녀의 지난 일주일에 대해 관심을 가지기로 했다.

인스타그램에 접속하는 빈도를 줄였다. 솔직히 말하면 여전히 사진 보정을 하긴 한다. 하지만 전처럼 인스타그램 속 사람들과 아침에 일어나 부스스한 내 모습을 비교하고 자책하지 않는다. 그들의 하이라이트와 내 일상을 굳이 비교하며 자괴감을 느낄 필요는 없다는 걸 이제는 아니까.

인생은 나를 행복하게 하는 것들로 채우기에도 짧다. 허상의 이미지를 갖기 위해 현실의 경험을 희생하지 말자. '좋아요' 개수와 '남들의 인정'이라는 피상적인 가치를 위해 인생을 허비하지 말자. 소셜 미디어는 그저 잘 다듬어진 이미지의 전시장일 뿐이며, '좋아요' 개수는 결국엔 얼마나 많은 사람이 버튼을 눌렀는지를 말해주는 지표일 뿐 그 이상도 이하도 아니다. 진짜 삶은 바로 지금 여기에 있다. 더불어 세상이 여성에게 강요하는 미의 기준을 그대로 내면화하기보다 스스로 멋짐에 대한 기준을 세워보는 건 어떨까?

　　모든 여성이 외적으로 아름다울 필요는 없다. 다만 스스로가 추구하고 싶은 멋짐에 대한 기준을 세워보는 건 삶을 발전시키는 데 도움이 될지도 모른다. 어쩌면 당신은 목표를 향해 달려가는 폭발적인 추진력을 지닌 사람일 수도, 주변 사람들의 감정을 보살필 줄 아는 어른스러운 사람일 수도, 섬세한 감수성으로 남들이 보지 못하는 것들을 발견해내는 사람일 수도 있다. 이런 것들이야말로 외모 이상으로 멋진 자질이지 않나. 내가 생각한 '멋짐'의 기준은 이렇다.

- 자신의 색깔과 취향이 확고해서 어딜 가든 존재감을 발휘하는 사람
- 소신에 따라 행동하고 목소리를 내는 사람
- 세상을 따뜻한 시선으로 바라보는 사람
- 알리오 올리오를 잘 만들고 오렌지색 스웨터가 잘 어울리는 사람

　　요즘 나는 외모 콤플렉스를 개선의 대상으로 바라보지 않고 있는 그대로 받아들이고 있다. 스스로가 단점

이라고 여기는 것과 장점이 조화롭게 섞임으로써 나만의 오묘한 특색을 만들어내는 것이라고 생각하면서. 보고, 숨 쉬고, 먹기 위해 만들어진 눈코입이고 제 기능만 한다면 그 자체로 충분한 것인데 칭찬은 못 해줄 망정 왜 그리 미워했을까.

그럼에도 불구하고 불완전한 나를 완벽하게 '보수 공사'하고픈 욕구가 스물스물 올라올지도 모른다. 성형 수술이 어찌 보면 가장 빠르고 쉬운 해결책으로 느껴질 수도 있다. 하지만 한 가지 확실한 건 단순히 내가 코끝을 고친다고 해결될 문제가 아니라는 것이다. 다음번엔 입술, 다리에 포커스를 맞추게 될 것이다. 결국 이 지긋지긋한 외모 콤플렉스에서 진정 승리하는 길은 자신의 단점까지 모조리 포용해버리는 것뿐이다.

외모에 에너지와 돈을 소모하는 것보다 훨씬 나은 투자가 있다. 바로 당신이 두 손으로 일구어낸 성취, 커리어, 인간관계, 커뮤니케이션 능력이다. 이것들은 시간이 흐름에 따라 상승 곡선을 그려나갈 것이고 삶을 윤택하게 만들어줄 것이다.

진정한 행복은 타인이 선심 쓰듯 내어주는 것이 아니라 스스로가 쟁취하는 것이다. 다소곳이 앉아 남들과 잘나신 남성들이 하사하듯 던져주는 인정을 기다리기에 우리는 모두 재기발랄하고, 아는 게 너무 많지 않은가.

남들의 기대를 저버릴 권리

캐나다의 로키산맥을 여행할 때, 아무렇게나 찍어도 엽서의 한 장면처럼 보이는 에메랄드빛 호수와 침엽수림이 정말로 아름다웠다. 로키산맥은 자동차가 없으면 여행을 하기 어려운 곳이라 운전면허가 없었던 나와 친구는 나이가 지긋한 부모님을 모시고 온 가족 단위 단체관광객 틈에 함께 끼어서 갔다. 가이드는 출발에 앞서 사람들을 쓱 둘러보더니 이런 말을 했다.

"딸을 낳으면 비행기를 타고, 아들을 낳으면 버스를 탄다는 말이 있죠? 제가 관광 가이드를 수십 년 했는데 그 말은 진짜입니다. 오늘도 부모님을 모시고 온 따님들이 많네요."

　　갑자기 집에 있는 우리 엄마가 생각나면서 괜시리
미안해졌다. 내가 보고 경험한 것들을 엄마와 나눌 수 있
다면 얼마나 좋을까. 하지만 그와 동시에 '딸을 낳으면 비
행기를 탄다'는 가이드의 말에 담긴 기대와 보상 심리가
나를 불편하게 만들었다. 태어나자마자 '네가 우리 집안
에서 태어나는 마지막 계집애이길 바란다'는 뜻으로 '말
자', '막녀'라는 이름으로 불리고, 남동생의 학자금 마련
을 위해 공장에서 미싱을 돌리며 살림 밑천 취급을 받던
딸들의 위상이 이렇게나 높아졌으니 기뻐해야 하는 걸까.

　　좋은 딸이 되기에는 여러 조건이 따른다. 다정하고,
애교 있고, 기념일이 되면 살뜰하게 부모를 챙겨야만 비
로소 착하고 싹싹한 딸이 된다. 하지만 좋은 아들이 되는
건 상대적으로 쉽다. 가끔가다 내킬 때 전화만 먼저 걸어
주면 된다. 비행기표 대신 버스표만 사줘도 본분을 다한
것으로 여긴다 하지 않는가.

　　기대를 저버리는 존재에게는 언제나 실망이 뒤따르
는 법이다. 대부분 여성들은 남성들보다 더 많은 기대를
받는다. 사랑스러운 딸에서 끝나지 않는다. 명절에 친정보
다 시댁에 먼저 들리고 주기적으로 시부모에게 연락해 기

넘일을 챙기는 센스 있는 며느리도 돼야 한다. 싹싹하고 애교 있는 행동거지로 술자리에서 분위기를 띄우는 여사원도 돼야 한다. 내 앞에서는 섹시한 속옷 이벤트를 해주지만 남들 앞에서는 정숙한 여자 친구도 돼야 하고, 모성애 가득한 엄마도 돼야 한다.

반면 남성들에게는 이러한 것들이 당연스럽게 요구되지 않는다. 아들은 원래 무뚝뚝하다는 이유로 말이다. 어쩌다가 애교 있는 아들이 있으면 '딸 같은 아들'이라고 불리며 남들에게 부러움을 산다. 사위는 처가에 주기적으로 연락하고 명절날 음식 준비를 도울 것을 요구받지 않는다. 어쩌다 그런 사위가 있으면 그 미담이 두고두고 회자된다. 엄마가 아이를 한 시간이라도 방치하면 '맘충'이라며 욕을 먹지만 주말에만 놀이터에서 아이들과 놀아주는 남편은 멋진 히어로가 된다.

여성에게 요구되는 기대에 부합하지 않을 때 세상은 나에 대한 실망감을 여실히 표출한다. '실망했다'라는 날카롭고 서늘한 단어는 나를 작아지게 했고 스스로에 대한 회의감을 불러일으키기도 했다. 그 말을 내뱉는, 또는 은근하게 자신의 기대치에 맞출 것을 종용하는 사람들에게 묻고 싶다. 도대체 무슨 권리로 멋대로 기대하는 건지,

왜 나를 당신들이 만든 박스에 욱여넣지 못해 안달인 건지, 왜 당신들의 취향에 맞추기 위해 본래의 나를 바꿔야 하는 건지 말이다. '실망'이라는 단어로 그들은 자신들이 원하는 방향으로 우리 삶을 조종하고 가지치기하려 든다.

나 역시 그들과 사회의 인정이라는 훈장을 달고 싶어 했다. 개념 있는 여성가, '착하고 괜찮은 여성'이 돼야 한다고 생각했고 기대에도 부합하고 싶었다. 하지만 그들이 달아준 인정이라는 훈장과 트로피는 대체 어느 선반에 진열해놓아야 할까. 애초에 그들을 만족시키기 위해 내 일부를 희생하면서까지 얻는 것이 뭐가 있을까.

주변에 '기가 세다'고 불리는 여성들을 떠올려보자. 자기주장이 확실하고, 원하는 바를 명확히 표현하고, 남들의 눈치를 보지 않는 여성들이 대부분일 것이다. '여성이라면 이래야 합니다 상자'에 들어가 있지 않은 여성들에게 주홍글씨를 다는 것이다. 하지만 남성들은 절대로 기가 세다는 평가를 받지 않는다. 오히려 멋있고 주관이 뚜렷하고 카리스마까지 갖췄다고 평가받을 뿐이다.

나는 스스로에게 '남들의 기대를 저버릴 권리'를 부여하기로 했다. 사실 부여할 필요도 없다. 그건 원래부터 나에게 있었던 거니까. 그들의 기대에 부합하지 않는다고 큰일이 일어나는 것도 아닐뿐더러 처음부터 내 허락도 없이 멋대로 기대한 그쪽이 잘못이라는 산뜻한 마음가짐을 가져본다. 고작 남들의 인정을 위해 내 팔과 다리를 잘라 '여성이라면 이래야 합니다 상자'에 몸을 욱여넣지 않을 것이다. 그놈의 인정이 무슨 쓸모가 있다고.

　　앞으로 누군가 당신에게 실망했다며 당신의 삶에 멋대로 참견하고 침입하려 든다면 이렇게 말해주길 바란다. "함부로 남의 인생에 잣대를 들이대는 분이었다니, 저도 그쪽에게 실망했습니다"라고. 적당한 되바라짐은 삶을 편안하게 한다.

PART 4

숙녀가 되지 않기로

연대

혼자서 행복한 사람은 무적이 된다

"왜 연애 안 해?"

장담하건대 이 시대 모든 싱글 여성이라면 최소 다섯 번은 들어봤을 질문일 것이다. 참 반응하기도 애매하다. 그들 딴에는 당신처럼 외모도, 성격도 그다지 나쁘지 않고 변변한 직장도 있는 사람이, 그러니까 연애 시장에 나온 매물로 특별히 하자도 없어 보이는 당신이 연애하지 않는 것이 당최 이해가 되지 않는다는, 나름 칭찬으로 하는 말일 테니까.

모두가 20대 때는 불같이 열정적이고 서로가 아니면 죽을 것 같은 사랑을 해야 한다고 떠들었다. 하지만 짜릿한 케미가 터지는, 같은 공간에 존재하는 것만으로 주변 공기가 달콤하게 바뀌는 사람을 찾기란 쉽지 않다. 설사 찾았다고 하더라도 감정이 쌍방이어야 하지 않나. 그런 이유로 나에게 연애는 하나의 숙제였다.

이대로 20대 초반을 흘려보낼 수 없었기에 그럭저럭 나쁘지 않은 사람과 만나 연애를 시작했다. 이력서에 한 줄 채우기 위한 인턴십처럼 '스무 살 때 연애를 함'이라는 한 줄을 채워넣기 위해. 연인 관계를 통해 내가 얻을 수 있는 것은 무엇일까. 누군가 나에게 남자 친구가 있냐고 물으면 "그렇다"고 대답할 수 있는 말뿐 아닐까. 이 말을 하기 위해 내가 치러야 하는 대가는 너무나 컸다. 쓸데없는 시간을 낭비하고 감정을 소모해야만 했다.

사랑하던 사람과 이별하고, 이후 몇 번의 연애를 거쳐 깨달은 하나가 있다. 연인 관계는 상하관계가 뚜렷하게 보이는 차가운 정치판이며, '사랑은 순수하고 가격표가 없는 것'이라고 떠들던 소설은 말 그대로 소설 속 이야기에 불과했다는 것이다. 진짜 괜찮은 사람을 만나 인생이 로맨스 영화처럼 느껴진 적도 있었다. 좋은 추억이 됐고 그 시간들을 통해 성장할 수 있어서 감사했지만, 그 유통 기한은 그리 길지 않았다. 관계를 지속시키기 위해서는 끊임없는 보수 작업이 필요했다.

　　오랜만에 홀로 주말을 보내야 할 때, 처음에는 조금 어색했고 외롭다고 느꼈었다. 하지만 금세 1인분의 삶에 적응했다. 요가를 하고, 글을 쓰고, 영어 과외를 하며 좀 더 나은 나로 성장하기 위해 시간을 쓰며 삶을 채워나갔다. 외로움을 피하기 위해 미적지근한 관계를 이어나가는 것보다 그 시간에 나 자신의 발전을 위해 무언가를 하며 투자하는 게 이득이라는 걸 비로소 몸으로 느꼈다.

　　몇몇 사람들은 혼자서도 충분히 온전할 수 있다는 전제를 믿지 않으려 한다. "크리스마스에 뭐해?"라는 질문에 진심으로 행복해하며 혼자 맛있는 걸 먹으며 새로 산 몰스킨 다이어리에 신년 계획을 세우고 싶다는 내 말에 친구는 "내년에는 꼭 남자 친구를 만들어서 같이 보내"라는 엉뚱한 말을 건넸다. 손을 잡고 길거리를 걷는 연인들을 보면 부럽지 않냐는 뜬금없는 질문을 받기도 했다. 그들의 눈에는 내가 크리스마스에 혼자 청승맞게 로맨스 영화를 보며 아이스크림이나 퍼먹고 있을 것이라 보였나 보다. 나는 충분히 혼자서도 충만하고 행복한 사람인데 말이다. 내 인생은 고작 내 영혼의 파트너를 찾아가는 과정에 불과한 걸까? 소울메이트를 만나기 전에는 언제나 불완전한 반쪽 자아로 머물러 있을 수밖에 없는 걸까?

누군가는 외롭지 않냐고 물었다. 솔직히 말하면 가끔 외롭다. 하지만 이는 뼈에 사무치는 외로움이라기보다는 내가 스스로 선택한 단정한 고독이고 나는 이 고독이 편안하고 좋다. 내 몸에 착 감기는 옷을 입은 기분이다. 엘리야킴 키슬레브의 저서 《혼자 살아도 괜찮아Happy Singlehood》에는 이런 구절이 나온다.

"고독은 외로움이나 고립보다는 그저 홀로 보낸 시간을 의미한다. 누군가에게 있어 고독은 홀로 시간을 음미하는 것이며, 또는 단순히 삶의 한 부분으로써 이를 받아들이는 것이다."

주변에 긴 연애로 고독 근육이 말랑말랑해져 이별 후 홀로 있는 시간을 못 견디는 사람들을 본 적이 있을 것이다. 작가는 고독을 즐기는 것도 단련할 수 있는 하나의 근육이라고 이야기한다. 파트너가 있어도 고독 근육을 종종 사용해주지 않으면 배우자의 사별, 이혼과 같은 위기 상황에 쉽게 취약해질 수 있다. 다행인 것은 고독 근육도 몸의 근육처럼 단련하면 단단해질 수 있다는 것이다. 운동을 통해 근육을 만들면 일상이 활기차지듯이 고독 근육도 단련할수록 우리를 안정감 있는 사람으로 만들어

준다. 홀로 보내는 시간을 편히 누릴 수 있게 되면 그 무엇도 두렵지 않아진다.

내가 선택한 물건들로만 이뤄진 작은 신전과도 같은 방에서 마음이 내키면 속옷 바람으로 트로피컬 하우스 음악에 맞춰 춤을 출 수 있다. 원한다면 어느 도시에서든 홀로 새로운 삶을 시작할 수 있다는 자유로움이 좋다. 구원자를 기다리는 것보다 나 자신과의 관계에서 만족을 찾아내는 것이 어쩌면 더 어려울 수도 있다. 하지만 자신을 더 나은 방향으로 나아가게 하는 것은 스스로가 컨트롤 할 수 있는 영역이라는 점에서 희망을 품어볼 만하다.

혼자서 행복한 사람은 무적이 된다. 우리는 반드시 홀로 온전하다고 느낄 수 있어야 한다. 혼자가 될지도 모른다는 모종의 두려움에 쓸모없는 관계에 공을 들이지 않기로 하자. 떠나고 싶은 곳이 있다면 굳이 일행을 구하지 않고도 홀로 갈 수 있다. 그동안 가보고 싶어 했던 레스토랑에 혼자 방문해보자. 운이 좋다면 길게 줄을 선 사람들을 제치고 구석에 난 한 자리에 먼저 앉을 수도 있을지 모른다.

그럼에도 불구하고 누군가 물을 것이다. "그럼 정말 마음에 드는 사람이 와도 연애를 안 할 거야?"라고 떠본다면 이렇게 답하자. 나 혼자 보내는 값진 시간 또는 그 이상의 가치를 내 삶에 가져올 수 있는 사람이라면 고려해보겠다고. 아 참, 높은 성 평등 의식이 있어야 하며 강자에게 강하고 약자에게 약해야 한다. 커뮤니케이션 능력이 탁월하고 상냥한 사람이어야 한다. 버지니아 울프를 좋아했으면 좋겠고 주말에는 나랑 같이 프리스비를 할 수 있어야 한다. 그런 사람이 어디 있냐고? 있어도 널 좋아할 것 같냐고? 아, 없으면 말고. 어중간하게 타협할 바에는 차라리 홀로 온전해지는 편이 낫다.

부자 할머니가 되자

"하늘 아래 같은 색조는 없다."

이 얼마나 영리한 문장인가. 어쩌면 이 문구를 창작한 카피라이터는 무릎을 탁 치며 회심의 미소를 지었을지도 모른다. 이로써 매번 똑같은 색상의 립스틱을 구매하는 여성들의 죄책감을 덜어주고, 비이성적인 소비를 합리화할 수 있는 완벽한 소구를 만들어냈다고.

2010년 중반, 국내 코스메틱 업계들은 주가가 하늘 높이 오르며 호황기를 누렸다. 내로라하는 브랜드들에서는 매달 신제품을 출시하며 공격적인 홍보와 할인 행사를 해댔다. 나 역시 할인 행사 날짜만을 손꼽아 기다리다 "이건 사야 해!"라고 외치며 영롱한 신상 아이섀도를 장바구니에 쓸어 담고는 했다. 화장대에 한 번도 사용하지 않은 아이섀도가 수십 개씩 널브러져 있음에도. 지금 생각하면 무언가에 단단히 홀렸던 게 아닐까 싶지만, 당시에는 나름대로 이유가 있었다. 저건 펄의 크기가 작고 이건 크다. 지난번에 산 건 레드 브라운이고 이건 골든 브라운이다. 매트한 질감과 촉촉한 질감은 엄연히 다르니까 같은 이유였다. 마케팅의 술수에 놀아나는 것도 모른 채 소비를 즐겼다.

마케팅의 기본은 소비자의 욕구를 파악하고 이를 충족시키는 상품을 제공하는 것이다. 목이 마르거나, 배가 고프거나, 아름다워지고 싶다고 느낄 때, 즉 사람들은 결핍을 느낄 때 소비를 한다. 따라서 마케팅의 성패는 얼마나 소비자의 결핍을 유도하고 자극하는지에 달린다. 내가 도토리를 모으는 산속 다람쥐처럼 죽을 때까지 다 쓰지도 못할 화장품을 모았던 까닭은 바로 이 결핍 때문이었다. 더 아름다워지고 싶다는 욕망, 소유하고 싶은 광고 모델의 세련된 이미지, 그리고 내 가치를 가장 잘 드러내줄 수 있는 찰떡같은 색감이라는 신기루. 우리가 보고 있는 수많은 광고와 인스타그램 속 협찬들은 이러한 점들을 더욱 증폭시킨다.

세계적으로 유명한 브랜드 컨설턴트인 마틴 린드스트롬은 "소비에는 남성보다 여성이 더 나약하다"라고 언급한 바 있다. 마케터들은 소비를 유도하기 위해 여성들이 미처 인식하지 못했던 결핍들을 의도적으로 창조한다. 자세히 들여다보면 참으로 기괴하다. 넓은 골반을 여성성의 상징으로 만듦으로써 골반이 좁은 여성들에게 이전에는 의식하지 못했던 결핍을 느끼게 만들었고, 결국 골반뽕을 판매하고 골반 필러 시술을 권하는 지경에 이르렀다. 광고에서는 동안의 연예인이 "언니, 뭐 믿고 콜라겐 안 먹어요? 나도 먹는데"라며 도발을 한다. 이외에도 질 필러, 가슴 확대 수술, 코 뽕, 유두 미백 크림, 애교 필러, 입꼬리 필러 등 리스트를 언급하자면 끝이 없다.

이 다음엔 또 어떤 기상천외한 발명품이 탄생할까. 도무지 끝이 없는 마케팅 공격에 정신이 혼미해지는 기분이다. 쫓아가야만 될 것 같다. 요즘 유행하는 오프 숄더 티를 입기 위해 끈이 보이지 않는 브래지어를 사고, 이에 어울리는 찢어진 청바지와 상큼한 복숭아 뺨을 완성할 블러셔까지 구매는 연속적으로 일어났고 이러다가는 거지꼴을 면치 못하겠다 싶었다. 한국 남녀 임금 격차는

37.1퍼센트로 OECD 국가 중 최고 수준이다.[15] 남성들보다 적은 임금을 주면서 여성의 더 많은 소비를 부추기는 이 사회의 종착지는 과연 어디일까 궁금하다.

가능한 부자 할머니가 돼야 하지 않겠는가. 나에게 먹여 살려야 할 귀여운 고양이가 생길지도 모르니 특단의 대책이 필요했다. 먼저 자본주의의 마수에서 벗어나기 위해 감정을 다스리는 법을 배워야만 했다. 돌이켜보면 나는 마음이 허할 때, 자신감이 부족할 때, 탐탁치 않은 하루를 보냈을 때 무언가를 구매함으로써 가슴속의 텅 빈 구멍을 메우려고 했었다. 그래서 결제하기 전 지금 내가 하는 것이 무의식중에 행해지는 감정적 소비인지 다시 한 번 깊이 생각해보는 시간을 가졌다. 그것만으로도 상황을 객관화하는 데 많은 도움이 됐다. 소비가 일시적인 처방이 될 수 있을지는 몰라도 궁극적인 해결책이 될 수는 없다. 오히려 과소비 후 밀려드는 죄책감에 괴로워할 때가 더 많지 않은가.

일명 원 플러스 원 할인 행사 때 구매한 화장품을 처박아뒀다가 유통 기한이 지나 한 번도 사용해보지도 못하고 버렸거나, 배송비를 아끼기 위해 필요도 없는 물건을 구매한 적이 한 번쯤은 있을 것이다. 언뜻 보기에는 할인 행사할 때 구매하는 것이 합리적으로 보일지 모르나 실상은 그렇지 않다. 그래서 할인에 끌려 계획에도 없던 물건을 구매하는 습관을 없애기 위해 휴대폰의 쇼핑 앱을 지우고 알람과 홍보 메시지를 차단했다. 이메일 광고도 모조리 수신 거부 처리를 했다.

특히 가장 도움이 됐던 방법은 물건을 구매하기 전에 일주일 정도 유예 시간을 갖는 것이었다. 사고 싶은 물건을 장바구니에 넣어두고서 이 물건이 정말 나에게 필요한지, 내가 가진 것 중에 이를 대체할 수 있는 것은 없는지 신중히 생각했다. 신기하게도 사고 싶어 안달이 났던 물건도 일주일이 지나면 흥미를 잃게 되는 경우가 많았다. 덕분에 감정에 이끌려 충동구매하는 것을 막을 수 있었다.

무엇보다 그저 그런 물건들이 아닌 오로지 최상의 것만 내 인생에 들이겠다는 마음가짐, 즉 에센셜리즘 Essentialism을 지향하기로 마음먹으니 물건을 함부로 사지 않게 됐다. 미니멀리스트라고 하면 침대 하나만 덩그러니 놓여 있는 하얀 방에 살며, 수도승마냥 검은색 옷만 입는 사람을 떠올리는 사람들이 많다. 미니멀리즘이라는 단어가 풍기는 이러한 절제된 이미지를 희석하고 문지방을 낮추기 위해 에센셜리즘을 권한다.

사실 미니멀리즘과 에센셜리즘은 자신에게 진정으로 필요한 것만 남기고 본질에 집중하는 삶의 양식이라는 점에서 근본적으로 동일하다. 지금부터 자신의 인생에서 필요한 것들만 남기고 가지치기를 시작해보는 건 어떨까. 옷 열 벌 살 돈으로 나에게 꼭 맞는 테일러드 셔츠 한 벌을 구입하고, 먼지만 쌓여가는 아이섀도 50개는 그중 가장 자주 쓰는 한 개만 남기고 모두 처분한다. 의식적인 소비 습관을 통해 장기적으로 지출을 줄이고 삶 또한 산뜻하고 간결하게 만들어보자.

자신의 소비 습관을 제대로 파악하는 일도 중요하다. 실제로 나는 가계부를 쓰면서 소비 습관을 알게 됐다. 한 달 동안 단 하루도 지출을 하지 않은 날이 없었다는 사실을 발견했다. 보통 자잘한 커피값이나 마음을 다스려줄 탄수화물 비용이긴 했지만, 무의식적으로 소비를 행했던 건 아닌지 염려가 됐다. 그래서 고정금인 교통비, 휴대폰 요금, 전기세, 수도세, 월세를 제외하고 일주일 중 하루는 돈을 절대 쓰지 않는 '무지출 데이'를 실천하기로 결심했다. 하루에 평균 2만 원 정도를 쓴다고 가정하면 그 돈만 1년 정도 아껴도 96만 원을 저축할 수 있는 셈이다.

무지출 데이의 목적은 단순히 돈을 저축하는 것이 아닌 올바른 소비 습관을 들이는 데에 있다. 무절제한 식탐을 다스리기 위해 종종 단식을 하는 것처럼, 소비 중독을 예방하고 조절하기 위해 무지출 데이를 실천해보는 건 어떨까? 어렵다면 약속이 없는 일요일에 한번 시도해보는 것도 나쁘지 않을 듯하다.

주의할 점은 지출을 줄여도 눈에 띄는 성과가 없으면 지쳐서 중간에 포기할 수도 있다는 것이다. 따라서 명확한 재테크 목표를 설정하는 것이 좋다. 나 역시 막연히 돈이 많았으면 좋겠다고만 생각했었지, 구체적으로 얼마만큼의 돈이 있었으면 하는지 고민은 딱히 해본 적이 없었다.

내가 필요한 액수는 출세의 증거인 한강 뷰 아파트와 돔 페리뇽을 사는 정도가 아니었다. 큰 집은 청소하기 귀찮아 싫고, 내 입맛엔 이마트 피노 누아가 딱이다. 그보다 더 필요한 것은 사실 경제적 자유였다. 하고 싶지 않은 일을 참아가며 하지 않아도 되는 자유, 같이 일하고 싶지 않은 사람과 한 공간에 있지 않아도 되는 자유, 가치 있는 것에 더욱 집중할 수 있는 시간의 자유. 이것들이 내가 궁극적으로 원하는 것이었고 이를 위해서 얼마만큼의 돈이 필요한지 현실적으로 계산해봐야겠다는 다짐을 했다.

현재 밀레니얼 세대 사이에서 떠오르는 키워드는 욜로가 아닌 파이어Financial Independence Retire Early, FIRE다. 생활비를 아껴 저축하고 이를 적극적으로 투자해 30~40대에 조기 은퇴를 한 뒤 남은 생에는 자신이 원하는 것에 집중하자는 운동이다. 파이어족들은 본인의 1년 치 생활비에 25를 곱한 만큼의 금액을 저축해 은퇴 자금을 마련하는 것을 목표로 한다. 자금은 장기적으로 우상향하는 미국 우량주나 인덱스 펀드 등에 분산 투자하고 이를 통해서 얻는 연 4퍼센트 수익률로 생활비를 마련한다. 월급의 70퍼센트 이상을 저축하고 은퇴 자금을 마련하기 위해 스크루지처럼 절약하기도 한다.

물론 모두가 파이어족이 될 필요는 없다. 현실은 복잡하며 개인마다 처한 상황도 각기 다르기 때문이다. 하지만 경제적 자유를 위해서 얼마만큼의 돈을 모아야 할지 생각하고 재테크를 시작해야 목표가 더욱 명확해질 수 있다는 건 분명하다. 목표 자금에 도달하기 위해 생활비를 얼마나 줄이는 게 좋을지, 저축은 몇 년 동안 얼마씩 해야 할지, 그리고 목표에 더 빨리 도달할 방법은 없는지 한 번쯤 분석해보는 것을 추천한다.

얼굴에 트러블이 나서 간단한 피부 관리를 받으러 오랜만에 관리실을 찾았다. 겨우 3만 원짜리 기본 관리임에도 원장 선생님은 끈질기게 상담을 진행해야 한다며 고집을 피웠다. 아니나 다를까, 가격표를 들이밀며 10회권을 끊을 것을 요구했다. 지금부터 관리하지 않으면 나중에 결혼할 때 신부 피부가 아쉽다는 소리를 듣게 된다며 공포 소구를 던졌다.

하지만 내가 심드렁한 기색을 보이자 태세 전환을 하며 "관리를 시작하면 훨씬 예뻐질 거다", "오늘만 특별 할인을 해주겠다"며 나를 유혹하려 했다. 예전의 나였으면 이런 뻔하고 속 보이는 마케팅에 넘어갔을 테지만 이번엔 번지수를 잘못 찾아도 단단히 잘못 찾으셨다. 병원에서 준 커피는 감사히 얻어먹고, 10회권을 끊을 돈으로는 애플 주식 5주를 샀다. 깔깔.

어쩌다 히스테리는 노처녀만 부리게 됐을까

솔직해지자. 사람들이 서른이 넘은 여성을 '노처녀'라 부르고 불친절하게 대하며 짓누르려는 이유는 그녀들이 더 이상 참지 않는 여성이기 때문이지 않나. 아무것도 모르던 시절엔 부조리한 상황과 불편한 개그에 무해한 미소를 지어줬을지 몰라도 이제는 무례한 행동을 더 이상 용납하지 않는다. 자신이 원하는 게 뭔지 알고 당당하게 요구할 줄도 안다.

노처녀 히스테리. 왜 이런 단어로 여성을 낮잡아 말할까? 가끔은 같은 여성마저 노처녀, 이른바 사회적으로 정해진 혼기가 지났음에도 불구하고 결혼을 안 한 여성에 대한 편견을 노골적으로 드러내곤 한다. 아는 지인과 술자리를 가졌을 때의 일이다. 사회초년생이었던 우리는 회사에 대해 공통적으로 이야기할 거리가 많았다. 그녀는 결혼하지 않은 여성 상사 한 명이 자신에게 부당하게 화를 낸 것에 대해 토로하며 이렇게 덧붙였다.

"이래서 여자는 나이 먹으면 시집을 가야 해. 자기 인생이 불행하니까 노처녀 히스테리를 부리지."

곧 결혼을 하게 된 자신이 상대적 우위라도 점령한 듯 그녀는 자연스럽게 예정된 자신의 결혼에 대해 이야기를 이어나갔다. 분위기를 망치고 싶지 않아 안에서 올라오는 말을 삭혔지만, 집으로 돌아오는 길 내내 그 발언이 자꾸만 생각나 마음 한구석이 불편했다. 내가 특정 나이까지 결혼하지 않으면 그녀는 나에게도 노처녀라는 꼬리표를 붙이겠구나 싶은 생각이 들었다. 만약 결혼하지 않은 남성 상사가 똑같이 부당하게 짜증을 내거나 괴롭혔다면, "그가 노총각 히스테리를 부린다"라고 말했을까? 적어도 난데없이 히스테리를 부리는 사람으로 라벨링하진 않았을 것이다.

우리 사회가 노처녀를 바라보는 시선은 이렇다. 노처녀는 상품 가치가 떨어지는 나이까지 팔리지 못한 창고에 쌓인 재고 물품이자, 가부장제 아래 선택되지 못한 낙오자다. 여기서 여성이 자발적으로 '비혼'을 선택했더라도 그 선택은 지워진다. 감히 여성이 결혼을 선택하지 않는 옵션을 가져서는 안 되니, 결혼을 '안' 한 게 아니라 '못' 한 것으로 치부한다.

제아무리 성공하고 멋진 인생을 사는 여성들도 이러한 의심에서 예외가 될 수 없다. 사람들은 그녀에게 분명 성격적인 결함이 있으리라고 으레 짐작한다. 그리고 그녀들이 화를 내거나 무언가를 요구하거나 강하게 의견을 표출하면, 화를 내는 맥락과 이유를 이해하기는커녕 뜬금없이 히스테리를 부리는 사람으로 낙인찍어버린다. 더불어 젊은 여성들에게 이런 메시지를 던진다. "저것 봐. 가부장제에 종속하지 않으면 고양이나 키우며(!) 내면을 화와 열등감으로 똘똘 뭉친 채 불행한 삶을 살게 된단다." 이러한 공포 소구를 자극해 여성들이 특정 나이 이전에 기필코 결혼하도록 장려한다.

서른을 맞이하며 내가 '노처녀'로 분류돼 온갖 사회적 후려침을 당하는 장면이 벌써 눈에 선하다. 아무리 멋들어진 성취를 해내도 '노처녀는 불행하고 흠이 있을 것이다'라는 편견 아래 나는 언제나 부족한 사람이 될 것이다. 당당하게 내 목소리를 내고 주체적인 인생을 살아도 가슴속 깊이 불행과 열등감을 안고 사는 불쌍한 여성으로 그려질 것이다. 이런 메시지를 자꾸만 주입시키려는 그들이 존재하는 한.

그렇다고 노처녀라는 낙인을 피하기 위해 원하지도 않는 결혼을 할 생각은 추호도 없다. 남성 중심 사회에서 여성은 개인으로서 존재하지 않으니까. 성녀거나 창녀, 아내 또는 어머니, 아가씨 또는 아줌마로만 분류되니까. 그들이 우리를 '개똥녀', '김치녀', '된장녀'로 불렀던 것을 생각해보자. 한 여성 또는 일부 여성의 잘못이나 실책을 여성 집단 전체의 일반적인 행태로 확장시키려는 행위 자체가 여성을 개인으로 인정하지 않는다는 것을 증명한다.

내가 노처녀로 불리는 상황을 겨우 피하더라도 그들은 또 다른 여성 혐오적인 카테고리에 나를 밀어넣을 것이 뻔하다. '나'라는 여성 개인의 삶에는 눈곱만큼도 관심이 없고, 여성을 일차원적인 카테고리로 분류하기에 바쁘다. 우리 각자가 영혼을 가진 개인이라는 사실을 인정하는 것보다 그 편이 그들에게 훨씬 편리하고 간단할 테니 말이다.

우리가 노처녀 히스테리라는 말을 사용하지 말아야

하는 이유가 여기에 있다. 노처녀 히스테리를 언급할 때마다 여성 개인의 존재는 희미해진다. 마돈나가 말했다. "나는 터프하고 야망이 넘치며 내가 원하는 것이 뭔지를 잘 안다. 만약 이러한 특성이 나를 나쁜 년으로 만든다면, 그건 아무래도 상관없다"라고. 노처녀라고 프레이밍 당하는 여성들에게도 다음과 같은 마인드셋이 필요하다.

"나는 부당함을 참지 않는다. 원하는 것이 있으면 요구한다. 나는 내 인생을 살아갈 뿐 가부장제의 인정을 받기 위해 원하지도 않는 결혼에 말려들어갈 생각이 없다. 이런 내 당당함이 불편하다면, 미안하지만 그건 내 문제가 아닌 그쪽 문제다."

우리는 이미 당당하고 자신의 이득을 챙길 줄도 아는 멋진 여성이다. 이런 모습이 누군가에게 '아줌마스럽고, '나쁜 년' 같아 보인다고 하더라도 그게 무슨 상관인가. 이는 호구 잡히지 않고 잘 살고 있다는 뜻이니 부디 자랑스럽고 뿌듯하게 여기길 바란다.

그냥 철없는 이모가 되는 게 꿈

아이를 낳고 싶지 않다고 선언하는 순간 여성은 공공의 적이 된다. 출산율 이슈에 관심도 애국심도 없는 이기적인 여성, 모성애가 없는 어딘가 비정상적인 여성이 된다. 그런데 굳이 제 발로 희생하고 싶어 하는 사람이 어디 있단 말인가.

얼마 전 임신을 한 친구를 만났다. 그 친구는 어째서 그 누구도 임신이 얼마나 처절한 투쟁인지에 대해, 심지어 그녀의 엄마조차도 제대로 경고해주지 않은 것에 대해 분노를 표했다. 입덧은 마치 숙취를 겪는 상태에서 24시간 동안 통통배를 타는 것과 같고, 태아에서 분비되는 호르몬으로 인해 임신성 당뇨가 발병할 수 있다는 사실도 임신을 하고서 처음 알았다고 한다. 지난밤 요통 때문에 잠을 거의 자지 못해 피곤하다며, 당뇨 관리를 위해 먹고 싶은 것은 고사하고 토마토나 겨우 먹고 있다고 토로했다.

그러고 보니 나 역시 출산이 여성의 신체에 영구적인 손상을 입힌다는 사실은 어렴풋이 들어서 알고는 있었지만, 그 누구에게도 구체적으로 설명을 들은 적은 없었다. 출산 시에는 관장과 회음부 절개를 해야 하며, 출산 후에는 자궁에서 분비물이 나오는 오로로 인해 최소한 달간은 기저귀를 차야 한다는 사실을 아는 여성들이 얼마나 있을까? 거기에 줄리 디 헨리가 발표한 논문 〈임신이 기억력에 미치는 영향The Impact of Pregnancy on Memory Function〉에 따르면 임신은 뇌 기능 손상과 상당한 기억력 감퇴를 유발한다고 한다.[16] 이 말을 듣고 친구는 "그 덕분에 첫째 아이를 낳을 때의 고통을 잊고서 둘째를 낳는 거 아니겠냐"며 자조적인 농담을 했다.

이런 진실은 교과서나 미디어 그 어디에서도 찾아볼 수 없었다. 드라마에서 여주인공은 낭만적인 하룻밤 뒤 갑작스럽게 구역질을 하며 잉태를 알리고, 남편이 사 온

딸기를 먹으며 행복한 임신 시기를 거친다. 그리고 병원에서 몇 번 소리를 지르면 애가 툭 하고 튀어나온다. 아이를 품에 안은 산모는 기쁨으로 충만해 보인다. 산전 우울증이나 산후 우울증을 겪는다는 건 생각지도 못할 일이다. 세상에서 가장 행복해야 할 아기 엄마에게 어떻게 우울증이 생길 수 있단 말인가?

여기에 더불어 육아와 동반되는 신체적·심리적 고통과 커리어적 희생까지, 임신과 출산으로 인해 여성이 포기하게 되는 것들이 이토록 많은데 사회는 이러한 진실에 대해 침묵하고 여성들을 출산에 밀어넣기 바쁘다. 출산을 망설이는 여성들을 설득하는 레퍼토리도 다양하다. "아이를 낳고 기르는 건 누구나 처음이고 막상 해보면 다 알아서 하게 된다"며 "실체를 알고 나면 임신과 출산을 하고 싶지 않아질 테니 아무것도 모를 때 일단 낳고 봐라"라는 말을 넌지시 던진다.

이외에도 "아기를 좋아하는 걸 보니 너도 애 낳을 때가 다 됐나 보다", "아이가 인생에서 주는 기쁨은 그 무엇과도 비교할 수 없다", 더 나아가 "아이를 낳지 않으면 네 말년은 외로움으로 축축해질 것"이라며 협박을 하기도 한다. 화려한 싱글 라이프를 즐기던 사람도 50대에 접어들고 나서 아이가 없는 것을 후회하며 살고 있다고, 아이를 낳지 않는 것은 인생의 가장 빛나는 성취를 달성할 기회를 영영 잃는 것이라며 겁을 준다.

심지어 유전자를 남기고 싶지 않냐는 원초적인 질문도 남긴다. 아니, 제니퍼 애니스톤과 김혜수도 후세가 없는데 내 남루한 유전자를 굳이 남겨야 하나? 듣다 보니 마치 내가 사회에 출산이라는 빚이라도 진 것만 같은 기분이 든다. 곰곰이 생각해보면 남성들도 뻔뻔하기는 매한가지다. 결혼해서 아이 셋을 갖고 싶다는 남자 지인의 말에 의문이 연쇄적으로 들었다.

'그렇다면 처음부터 아이 셋을 가질 의향이 있는 여성을 찾아 결혼을 할 목적인가? 지금 사귀는 연인이 아이 셋을 갖고 싶지 않다고 하면 헤어질 셈인가? 그것을 사랑이라고 불러야 하나? 재생산을 목적으로 한 결합이라고 부르는 편이 더 정확하지 않을까? 설마… 본인에게 자궁이 있는 건가?'

여성들에게 출산을 강요하기 전에 실체를 알려주는 것이 먼저 아닐까? 2016년 행정자치부가 저출산 해소의 명목으로 공개한 〈대한민국 출산 지도〉는 비난을 받으며 〈뉴욕타임스〉에까지 기사가 실리는 오명을 얻었다.[17] 지도에는 지역별 가임기 여성 수가 기재됐고 숫자가 많은 지역부터 적은 지역까지 '핑크색'으로 그라데이션이 되어 있었다. 가임기 여성이 어느 지역에 많이 분포해 있는지에 대한 정보가 어떻게 저출산을 해결할 수 있는 방법 중 하나가 될 수 있을까? 대체 무엇을 말하고 싶었던 걸까? "이 땅의 남성분들! 아이를 낳아줄 가임기 여성이 많은 지역으로 가세요! 낚시를 해도 물고기가 많은 어장에서 해야 월척을 낚을 확률이 높지 않겠어요?" 진정 이 말이 하고 싶었던 걸까?

가임기 지도는 여성이라면 누구나 어머니가 돼야 한다는 전제를 기반으로 만들어진 것이나 다름없다. 여기서 여성의 선택권은 지워지고 자궁은 국가가 관리하는 공공재가 된다. 여성학자 정희진은 저서 《페미니즘의 도전》에서 다음과 같이 말했다.

"여성이 자궁이 있기 때문에 어머니가 돼야 한다면 성대가 있는 사람은 모두 오페라 가수가 돼야 하는가? 성대를 가진 사람이 가수가 되는 것은 선택과 노력의 결과이듯이, 어머니가 되는 것 역시 개별 여성들의 선택에 따른 문제다."

저출산 대책만 봐도 정작 여성의 삶에는 관심 없다

는 것이 명백하게 드러난다. 임산부에 대한 부족한 사회적 배려, 취업 차별, 경력 단절, 그리고 독박 육아와 같은 문제를 해결하는 등 출산과 육아를 선택한 여성들의 삶을 개선시키기보다 여성에게 저출산의 책임을 전가하며 죄책감을 유발한다. 결국 그들에게 여성은 개별적인 영혼이 아니라 다음 세대를 재생산하는 자궁, 그 이상도 이하도 아니라는 말이다. 이런 일차원적인 아이디어가 결재되고 실행되기까지 그 누구도 이상하게 생각하지 않았다는 것이 기이할 지경이다.

임신과 출산은 경이롭고 대단한 일이지만 결코 아름답지만은 않다. 자기소개서를 쓸 때 존경하는 인물을 묻는 칸에 부모님을 쓰면 진부하다고들 말한다. 그런데 나는 정말 우리 엄마가 세상에서 제일 존경스럽다. 그 작은 몸으로 나처럼 어디로 튈지 모르는 애를 길러내고, 4인분의 집안일을 하고, 회사에서 승진까지 하다니. 모두가 해낼 수 있는 일은 아니지 않은가.

나는 변덕스럽고 까다로우며 한 명의 인간을 책임질 만한 그릇의 인간이 아니다. 바질 화분은 물을 너무 많이 준 탓에 썩어버렸고, 고양이를 좋아하지만 무심한 성격 탓에 아무래도 깔고 앉아버릴 것 같아서 키우지 못한다.

이런 내게 더 가치 있는 것은 안정감이 아니라 언제든지 떠날 수 있는 자유다. 오랜 고민 끝에 임신과 출산을 하지 않기로 한 내 선택이 전체주의 사상에 따르지 않는 이기적인 것으로 치부된다면, 그냥 이기적인 사람이 되겠다. 여성에게 임신과 출산은 온전한 개인의 선택이며 나는 세상에 아기를 빚진 적도 없다.

모든 여성이 엄마가 되는 꿈을 꾸는 것이 당연하다고 종용하는 세상에서 내 꿈은 철없는 이모가 되는 것이다. 아마 주변에 이런 이모가 한 명쯤 있으면 좋지 않을까. 어쩐지 나이보다 젊게 사는 이모, 용돈 같은 건 까짓거 쿨하게 주는 이모, 얼마간 안 보이는가 싶었는데 남태평양에 있는 어느 섬에 다녀왔다며 까맣게 그을려서 나타나고 친척 어른들에게 샤르도네 와인을 너무 많이 마신다는 의심을 사는 이모, 누군가는 혀를 끌끌 차지만 고등학생 조카들에게는 인기 만점인 그런 이모 말이다. 엄마가 되는 것이 디폴트인 세상에서 우리에게는 좀 더 많은 쿨한 이모들이 필요하다. 여성들에게 더욱 다양한 선택지가 있다는 것을 몸소 보여주기 위해서도.

누군가 "그러다 말년이 외롭고 쓸쓸해질 것"이라고 경고했다. 글쎄, 아이는 외로움을 달래주는 애착 인형이 아니지 않나. 그리고 아이를 낳기 전 그가 향후 내 외로움과 노후를 책임질 의향이 있는지 미리 물어보고 합의를 하는 게 먼저이지 않을까. 물론 그 합의가 원활하게 이뤄질까도 미지수이지만.

해답은 스스로가 결혼하고 싶은 이상형이 되는 것

누군가 말했다. 운명의 상대를 만나는 순간 내 인생은 180도 변할 거라고. 그제야 나는 비로소 행복해질 것이고 진정한 장밋빛 인생이 시작될 거라고. 모든 로맨스 소설과 디즈니 영화는 그렇게 여성들을 조기 교육시켰다. 우리를 구원할 빛나는 은색 갑옷의 왕자님을 찾는 게 해피 엔딩의 열쇠임을 상기시키며.

주말에 우연히 넷플릭스에 업데이트된 로맨스 영화를 보게 됐다. 잘생기고 인기 많은 남자 주인공이 우연한 계기로 평범한 여성 주인공과 계약 연애를 하게 되고, 결국 여자 주인공의 매력에 빠져 진정한 사랑으로 거듭난다는 진부한 클리셰가 범벅된 영화였다. 팝콘을 씹는 내 눈이 가늘어진다. 예전 같으면 로맨스 뽕에 심취돼 달달한 사랑이 고파졌겠지만, 이제는 이런 종류의 영화가 유해물이라는 것을 알기에 마음이 불편하다. 달콤하지만 몸에는 좋지 않은 탄산음료 같은 느낌.

무엇보다 이런 영화는 이 세상에 존재하지도 않는 남성을 그려냈다는 점에서 유죄다. 인기 많고, 잘생기고, 차가운 바람둥이처럼 보이지만 내면의 상처가 있는, 알고 보면 진국에 여성 주인공밖에 모르는, 유니콘처럼 실존하지 않는 남성. 그리고 그의 구원으로 행복해지는 여성. 이와 같은 로맨스 영화가 얼마나 많은 여성에게 말도 안 되는 환상을 심어줬는지, 지금 내 옆의 남자만큼은 다를 것이라는 헛된 희망을 품게 했는지 모른다.

가끔 늦은 밤 당기는 맥도날드 햄버거처럼 로맨스 영화가 보고 싶은 날이 있을 것이다. 영화를 감상하기 전에 반드시 이런 마음가짐으로 임해야 한다. '이건 해리 포터에 버금가는 판타지이며, 이걸 진짜라고 여기는 것은 호그와트가 실존한다고 믿는 것과 똑같다'는 걸. 디즈니와 할리우드 영화에 그만 속을 때다.

그렇게 여자아이들이 왕자님을 만나겠다는 꿈에 부

풀어 있는 동안, 남자아이들은 세상을 구하겠다는 야망을 키우며 자랐다. 여성들은 왕자님이 언젠가 자기를 발견해주길 기다렸고, 남성들은 자신이 전쟁 영웅이나 아이언맨이 되면 섹시한 여성들이 전리품처럼 따라올 거라고 믿었다.

　　남자 주인공은 우연한 방식으로 여자 주인공을 발견한다. 답답한 뿔테 안경에 가려진 여자 주인공의 숨겨진 미모를 단박에 알아채고, 독특한 성격에 숨겨진 매력을 발견한다. 왕자가 인적 드문 산속의 오두막에서 일곱 명의 난쟁이를 돌보느라 가사에 찌들었을 백설 공주의 다크서클 아래 미모를 한꺼번에 알아보는 것처럼. 아무렴 그 정도 보는 눈도 없으면 왕자가 아니지.

　　이러한 장면은 여성들에게 '어느 날 내 진정한 가치를 알아줄 남성이 나타날 때까지 기다려야 한다'는 착각을 불러일으키게 한다. 누군가 자신을 선택할 때까지 우리는 그동안 외모와 성품을 가꾸며 얌전하게 있으면 되는 것이다. 신데렐라도 유리 구두를 잃어버린 다음 날 왕궁 문을 쾅쾅 두드리며 직접 찾으러 갔으면 됐을 것을, 답답하게 새 언니가 피까지 흘리며 구두에 억지로 발을 밀어 넣고 있는 모습을 보고만 있지 않았나.

대부분의 남성은 백설 공주 속 느끼한 왕자가 되고 싶어 하지 않는다. 그보다 성공해서 수많은 여성들을 거느리는 아이언맨이 되고 싶어 한다. 반면 여성들은 일찍부터 로맨스 영화에 세뇌되고 결혼 판타지를 학습한다. 여성에게 있어 로맨스가 행복을 위한 궁극의 목표라면, 남성들에게 이는 세상을 구하면 따라오는 부산물에 불과하다. 결혼식 때 어떤 색깔의 수트를 입을지, 꽃장식은 피오니로 할지 화이트 릴리로 할지 일곱 살부터 꿈꿨다고 말하는 남성은 거의 없다는 사실이 이러한 차이를 여실하게 보여주지 않나. 균형 있는 세계를 원한다면 두 성별에게 동일한 메시지를 들려줘야 하지 않을까? 어릴 때부터 학습한 로맨스의 가이드라인을 착실히 따르며 사랑을 찾아 헤매는 여성들을 크레이지 엑스 걸프렌드, 불안정한 여성, 자존감 낮은 집착녀로 낙인찍는 것이 아니라.

나도 한때 곁을 내어줄 왕자님이 있었으면 했다. 오해하는 사람들을 위해 해명하자면, 여기서 왕자님이란 나와 잘 맞는 상대에 대한 비유일 뿐 내가 모든 조건에서 완벽한 상대를 찾아 헤맸다는 뜻은 아니다. 그런 남성이 있다고 믿을 만큼 순진했었던 적은 없다. 그러니까 나는 그저 나쁘지 않은 조건에 말이 좀 통하는 남성을 만난다면 어느 정도 타협할 의향이 있었던 거다. 하지만 몇 번의 연애와 무지몽매한 기다림 속에 깨달은 것은 애당초 왕자님이 되도록 길러진 남성 같은 건 세상에 없다는 사실이었다. 나는 왕자님을 찾고 싶었던 게 아니라 연애를 통해 내 존재의 가치를 확인하고, 미디어에서 말했듯이 소울 메이트를 만남으로써 행복해지고 싶었던 것뿐이다.

스스로에 대한 존재 가치와 행복의 원천을 반드시 연애에서만 찾아야 하는 것은 아니라는 깨달음을 얻었다. 정확히 말하자면, 왕자님과 사랑에 빠지고 싶었던 게 아니라 그가 대변하는 멋진 특성들을 내 인생에 가져오고 싶었다. 정의로움, 강함, 부드러움, 멋진 취향, 건강한 신체, 경제적 능력과 같은 것들을 말이다. 그리고 어쩌면 세상에 존재하지도 않을 왕자님이 나타나기를 기약 없이 기다릴 바에는 나 스스로가 그러한 특성을 지닌 인간이 되면 그만이라는 것을 깨달았다.

한번 자신의 이상형 조건을 나열해보자. 부유한 사람? 당신은 경제적인 안정감을 원하는 거고 그건 스스로 이뤄낼 수 있다. 다정한 사람? 어쩌면 스스로를 좀 더 친절히 대할 수 있기를 바라는 건지도 모른다. 시어서커 자켓이 잘 어울리는 사람? 까짓거 내가 사서 내가 입으면 된다. 이상형을 찾을 게 아니라 자신이 스스로의 이상형이 돼버리면 된다. 설사 완벽한 상대를 만났다고 해도 그는 언제든 당신 곁을 떠날 수 있지만 나 자신은 결코 나를 떠나지 않는다. 얼마나 멋진 일인가?

우리는 스스로와 먼저 결혼해야 한다. 이 말은 곧 무슨 일이 있어도 죽음이 갈라놓을 때까지 나 자신의 편이 되겠다는 다짐이며, 그 어떤 결점에도 불구하고 나 스스로를 사랑하겠다는 확언이다. 미국의 작가 트레이시 맥밀란은 〈당신이 진정 결혼해야 할 사람The person you really need to marry〉이라는 제목의 테드 토크에서 다음과 같이 이야기한다.[18]

"세 번의 이혼을 통해 홀로 서기 하는 과정에서 가장 중요한 관계는 스스로와의 관계이며, 자신이 진정 결혼해야 할 사람은 바로 자신임을 깨달았다. 더 이상 전처럼 누군가가 '나와 결혼해줄래?'라고 말해주기를 오매불망 기다리지 않는다. 이미 스스로에게서 그 말을 들었으니까. 자기 자신과 결혼하는 것은 자신에게 한쪽 무릎을 꿇고 다음과 같이 말하는 것과 같다. '나는 너를 절대 떠나지 않을 거야. 무슨 일이 있어도.'"

자기 자신과 결혼하는 솔로가미와 비혼식이 점점

주목을 받고 있다. 그러나 나는 반드시 비혼을 선택한 사람만이 이런 세리머니를 할 필요는 없다고 생각한다. 결혼은 우리 인생의 종착지가 아니며, 어차피 인생은 혼자이지 않나. 우리가 끝까지 함께할 사람은 오직 나 자신뿐이며, 해피 엔딩을 순진하게 믿고 앉아 있기엔 우린 너무나 커버렸으니 앞으로 다가올 작고 큰 고난과 역경에도 검은머리 파뿌리가 될 때까지 나를 사랑하겠다고 맹세해보는 건 어떨까?

"우리 중 일부는 우리가 결혼하고 싶었던 바로 그 남자가 된다."

20세기 미국 페미니즘을 대표하는 글로리아 스타이넘이 한 말이다. 그리고 전설적인 가수 셰어도 부자와 결혼하라는 엄마의 말에 이렇게 답했다.

"엄마, 내가 바로 그 부자 남자야."

여성들이 남성에게 선택받기 위해, 또는 그들의 언어를 이해하기 위해 쏟았던 시간들을 스스로에게 쏟아부었더라면 우리들은 지금쯤 어떤 모습을 하고 있을까. 더 이상 반짝이는 은색 갑옷의 기사를 찾을 것이 아니라 내가 그 갑옷을 입고 스스로의 구원자가 되자. 우리가 결혼하길 꿈꿨던 그 사람이 내가 돼보자. 백마는 마구간에서 한 필 구매하고 원하는 곳 어디든 스스로 가보자. 제자리에서 기다리지 말고 원하는 것을 쟁취하면 된다. 그게 바로 오랫동안 당신이 기다려왔던 것들의 본질이다.

혹여 그저 외로움 때문에, 또는 기혼자를 디폴트로 여기는 사회 분위기 때문에 결혼을 하려는 사람을 위해 영화 〈작은 아씨들Little Women〉의 대사를 덧붙여본다. 극중에서 배우의 꿈을 꾸었던 메그의 결혼식 날 여동생 조는 언니의 결혼을 말리며 함께 큰 도시로 가서 꿈을 펼치자고 설득한다.

"언니는 그 남자에게 2년 안에 질리고 말 거야. 하지만 우리의 삶은 영원히 흥미롭겠지."

홀로 사는 여성은 안전을 돈으로 사지

여기 호러 스토리가 하나 있다. 서울로 상경한 내 친구에게 일어난 일이다. 타지에서 여자 혼자 사는 곳을 정할 때 안전을 가장 우선시 여겨야 하지 않겠는가. 그래서 좀 더 저렴한 빌라나 다세대 주택 같은 옵션도 있었지만, 그녀는 가격이 조금 비싸도 보안이 철저한 오피스텔을 택했다. 그것도 3층 이상 높이에 위치하고 경비원이 상주하는 건물로.

그렇게 안전이란 가치를 돈을 주고 구매했음에도 어쩐지 자꾸 기이한 일이 일어났다. 분명 현관문을 잠갔다고 생각했는데 무슨 이유 때문인지 종종 열려 있곤 했다.

찝찝했지만 현관문 비밀번호를 바꾸는 것밖에 달리 할 수 있는 일이 없었다.

그러던 어느 평일 오후였다. 그녀는 집에서 낮잠을 자고 있다가 누군가 번호키를 눌러 문을 열고 들어오는 소리에 화들짝 놀라 고함을 지르며 잠에서 깨어났다. 황급히 밖으로 나가봤지만 범인은 이미 도망간 후였다. 분명 번호키를 바꾼 지 얼마 되지 않는데 소름 돋게도 문이 열려 있었다. 곧장 경찰을 부르고 CCTV를 확인했지만 카메라의 사각지대 때문에 확인할 수 있는 것은 아무것도 없었다. 경비 아저씨 역시 지난번에도 비슷한 일이 발생한 적이 있었다며 그저 조심할 수밖에 없다고 했다. 불안에 떠는 친구에게 경찰 역시 의례적인 위로를 해줄 뿐, 실질적으로 조치를 취할 수 있는 게 없다고 말했다.

더 가관인 것은 경찰 중 한 명이 개인 정보를 빼내어 친구에게 개인적으로 연락을 취하며 "저랑 고향이 같던데 괜찮으면 한번 만나보지 않겠냐"라고 호감 표시를 했다는 것이다. 말이 좋아 호감 표시지, 남성으로 의심되는 침입자로 인해 불안감을 느끼는 여성에게 그녀의 주소를 알고 있는 또 다른 남성, 그것도 시민을 안전하게 지킬 의무가 있는 경찰이 모종의 의도로 연락을 취하다니 기겁

할 노릇이다. 끔찍한 도시 괴담 같지만 내 친구에게 일어난 실화다. 재밌게도 이 이야기를 들려주면 남성과 여성의 반응이 각각 엇갈린다. 여성들은 격분하며 허술한 보안과 개인 정보를 사적으로 남용한 경찰을 비판하고 아무 조치도 취하지 않은 데 분노했다. 〈연합뉴스〉 사회면에 타이틀 기사로 올라가야 마땅한 사건이라 생각하는 반면, 많은 주변 남성들의 반응은 이랬다.

"비밀번호를 확실하게 바꾼 것 맞아?"

"전 집주인이 착각하고 들어온 거 아니야?"

"그 경찰이 네 친구가 정말 마음에 들었나 보다. 근데 그 친구 정말 예뻐?"

그제야 알아차릴 수 있었다. 우리 호러 스토리가 그들에게는 착각으로 빚어진 에피소드로 여겨질 뿐이라는 것을. 그들은 여성들이 안전이라는 가장 기초적인 권리를 얻기 위해 얼마나 많은 것들을 지불하는지조차 공감하지 못한다. 여자 혼자 사는 집이라는 티를 내지 않기 위해 남자 구두를 현관문에 두고, 낮에도 커튼을 치고 생활해야 하는 것에 대해. 대로변에서 가까운 3층 이상의 집 위주로 고른다는 것에 대해. 내가 사는 곳을 노출하지 않기 위해 집에 들어와 한참 후에 불을 켜는 것에 대해. 택

배 수취인 이름을 매번 남성의 것으로 기재하는 것에 대해. 새벽에 누군가 방문을 두드리는 소리 때문에 일주일간 악몽을 꾸는 것에 대해.

이 모든 것들을 안타까워할 순 있을지 몰라도 여성으로 태어나 사소하지만 불가피한 불편들을 감수해야 하는 삶을 그들은 온전히 이해하지 못한다. 지구 반대편 온두라스에서 한 해에 4,000명이 살해된다고 해도 그 비극이 우리 피부에 와닿지 않는 것처럼. 그들에게는 영영 일어나지 않을 일일 테니 관심을 가질 필요도 없는 것이다. 여성과 남성은 한국이라는 동일한 물리적인 공간을 살아가지만 그 공간에서 서로 전혀 다른 경험을 한다. 한 성별에게는 치안 좋은 나라가 다른 성별에게는 여혐 범죄로 가득한 후진국이 된다.

사건 이후로 내 친구는 이사를 갔다. 나중에 알고 보니 그 건물 주인이 평일 오후라 임대인이 부재중일 것으로 생각하고 멋대로 문을 열고 들어왔던 것으로 밝혀졌다. 많은 임차인이 도어 록에 마스터 번호를 설정해두고 종종 임대인의 방을 몰래 들여다본다고 한다. 명백한 주거 침입임에도 불구하고 건물 관리를 명목으로 임차인의 집에 들어가는 것이다. 범죄 의도가 없었다고 해서 이 사건이 가벼워지는 건 아니다. 지금도 많은 여성이 가장 안전해야 할 공간인 집에서조차 불안에 떨고 있지 않나.

2019년 5월의 새벽, 한 남성이 신림동에 거주하는 여성을 집 앞까지 뒤쫓아가 침입을 시도한 사건이 발생했다.[19] 손전등으로 도어 록을 비춰보며 비밀번호를 알아내려고 하고, 10분 이상 그곳에 머무르며 문을 열라고 협박까지 했다. 명백한 강간 의도가 의심됨에도 불구하고 남성은 주거 침입으로만 처벌받았을 뿐, 성범죄 혐의에 대해서는 무죄 처벌을 받았다. 이마저도 들끓는 여론을 의식한 판결이었을 것이다. 공론화되지 않았더라면 범인은 일말의 처벌도 받지 않고 그저 그런 에피소드로 지나갔을 게 눈에 뻔하다.

그때 내 친구의 이야기에 하나같이 세상에서 가장 합리적인 솔로몬인 척 굴던 남성들의 목소리가 머릿속을 스쳐 지나갔다.

"집을 착각하고 도어 록을 잘못 누른 거 아닐까?"

"그 사람이 예뻐서 그랬나?"

나도 자취를 하면서 새벽에 모르는 남성이 내 방문을 두드려 경찰에 신고를 한 경험이 있다. 그 이후 사비를 들여 육각 자물쇠와 보조키를 달고 방범창을 설치했다.

키를 새로 달면서 문득 이런 생각이 들었다.

'이게 내 안전과 생존 확률을 조금 높일 수 있을지는 몰라도 본질적인 문제를 해결할 수는 없다.'

주거 침입, 강간 미수, 여성 혐오 범죄에 대한 낮은 형량, 피해자가 범죄를 입증해야 하는 복잡한 절차, 거기에 정당방위에 대한 높은 기준까지. 가장 본질적인 문제를 해결하지 않고서는 아무것도 변하지 않는다. 미국의 대다수 주에서는 캐슬 독트린Castle Doctrine, 즉 가해 의도가 있는 주거 침입자의 경우 총과 같은 무기를 이용해 제재해도 정당방위를 인정해주는 법이 있다. 그렇다면 우리도 한국형 캐슬 독트린을 만들어 문제를 해결해보는 건 어떨까. 집마다 침입자의 뚝배기를 깰 도끼 망치 한 개씩 갖춰두는 것도 나쁘지 않겠다.

"잘 취하고 자취하는 여성이 좋다"며 깔깔대는 남성들에게 고한다. 첫째, 당신은 그 여성의 집에 갈 일이 평생 없을 것이다. 둘째, 허락 없이 그 집에 들어갔다면 미국에서는 총을 맞아도 싼 범죄다.

유난히 무더운 여름을 지나고 있다면

사람들은 인생이 어려운 것은 다 자존감이 낮기 때문이라고 말했다. 세찬 바람에도 흔들리지 않는 자존감을 세우면 무적이 된다고 했지만, 여전히 나에게 '흔들리지 않는 자존감'은 허상처럼 느껴진다. 어떤 날의 나는 무대를 장악하는 비욘세처럼 임파워링되기도 하고, 또 다른 날의 나는 인생의 의미를 곱씹는 위기의 사춘기 소녀가 되기도 한다.

문득 먼지 쌓인 다이어리에서 툭 하고 떨어진 사진, 그 속에서 과거의 나와 마주했을 때의 기분. 얼마 전 스무 살 적 내 사진을 보고 묘한 감정을 느꼈었다. 묘하다는 표현 외에는 정말 표현할 길이 없다. 트렌드가 지난 화장법이 재밌기도 하고, 생기로 가득 찬 눈동자가 사랑스럽기도 하고, 곧 닥칠 고난에 대해 꿈에도 모른 채 천진난만한 얼굴에 마음이 아리기도 했다. 동시에 내가 지나온 길목에 서 있는 그녀지만 어째서인지 타인처럼 느껴졌다. 과거의 내가 대체 무슨 생각을 하고 있었던 건지 좀처럼 이해할 수 없고, 과거의 나도 나의 일부인데 어쩐지 타인 같았다.

20대 초반에 썼던 일기를 다시 읽어보면 그때의 감정이 그대로 되살아난다. 처음 만났던 남자 친구와 헤어지고 어쩔 줄 몰라 하던 나. 인턴십 면접에서 낙방하고 침울해하던 나. 지금은 얼굴도 기억나지 않는 누군가가 스쳐 지나가며 던진 말에 고민하던 나. 당시 나는 생각이 많고, 자기 자신에게 엄격하며, 지나가면 아무것도 아닐 일들로 걱정이 많았다.

과거의 나에게 해줄 말이 너무도 많다. 일단 그저 다 괜찮을 거라고 말해주고 싶다. 신은 너를 위한 계획을 준비해뒀다고. 모든 건 제자리로 돌아갈 거라고. 네가 지금 하는 고민 중 80퍼센트는 곧 효력이 없어질 흑마법이라고. 설사 너를 죽이고 말 것이라고 생각한 일들이 현실에 일어나더라도 어떻게든 살아가게 되어 있다고. 걱정과는 달리 밥벌이를 아주 잘하고 있으며 제법 괜찮은 미래를 살아갈 거라고. 원한다면 치즈 케이크를 두 조각씩 시켜 먹을 수 있다고.

불현듯 타국에서 살게 되고, 그곳에서 너에게 말을 건넨 그 사람에게 꼭 웃어주길 바란다. 당분간 행복하겠지만 곧 다가올 이별에 산산조각이 날 것이다. 하지만 괜찮다. 이후로 많이 성장할 테니. 아물지 않는 상처는 없고, 아물지 않더라도 전장의 흉터만큼 섹시한 건 또 없지 않는가.

무엇보다 도전을 두려워하지 않길 바란다. '안정감'이라는 가치는 과대평가돼 있다는 사실을 기억하자. 설사 망해서 바닥으로 떨어진다고 해도 생각보다 강한 사람일 테니 걱정하지 마라. 파산하면 뭐 어때. 당분간 아보카도 토스트 대신 햇반과 김치만 먹고 살면 되지. 하고 싶은 게 있다면 꼭 시도해보길. 애정 없는 사람들의 말을 귀 기울여 듣기보다 네 내면의 목소리에 더 의지하길. 미련이 없을 정도로 하루하루를 열심히 살아가되, 계절의 변화와 맥주의 맛, 사랑하는 사람의 얼굴에 주름이 늘어가는 시간을 온전히 즐겼으면 한다.

어렸을 때만 해도 단단한 자존감을 세우지 못한 나를 책망했던 것도 같다. 그러나 이제는 안다. 고민과 걱정으로 수많은 밤을 지새운 내가 있기에 어제보다 아주 조금 단단해진 내가 될 수 있었다는 걸. 자존감은 사실 별 거 아니고 스스로와 관계를 맺으며 '이 인간 말이야, 완전 무결한 건 아니지만 이 정도면 괜찮지 않아?'라고 평가할 수 있게 되는 것이라는 걸 깨달았다. 예전 같았으면 비수를 꽂는 말을 들으면 잘 때까지 그 말을 곱씹었을 텐데, 지금은 코웃음 치며 지나치는 여유가 생겼다. 나라는 사람이 아주 대단하고 청렴한 것은 아니지만 그렇다고 모자란 것도 아니라는 자신감도 생겼다.

젊은 나이에 벌써 자존감이 탄탄한 친구들도 물론 있겠지만 대부분의 경우에는 나라는 사람에 대해 확신이 생기기까지 시간이 필요하다. 그러니까 스스로가 자존감이 낮다고 자책하지 않아도 된다. 억지로 강해 보이려고 할 필요도 없다. 자기 페이스대로 살다 보면 언젠가 스스로와 좀 더 편안한 관계를 맺게 되는 날이 온다. 반드시.

세상은 젊음의 값을 비싸게 치지만, 나는 10년 후, 그리고 앞으로의 20년 후 내 모습이 더 기대된다. 시간과 경험은 필연적으로 나를 단련시킬 테니까. 혹여 지금 유난히도 무더운 여름을 지나고 있다면 언제나 이 사실을 기억하길 바란다. 비욘세 언니도 조금 울적해지는 날이 하루쯤은 있으리라는 것. 무엇보다 모든 것은 지나간다는 것.

함께할수록 우리는 더 강해진다

　버거운 하루였다. 무례한 사람들과 부딪히거나 일이 뜻대로 되지 않아 움츠러든 그날. 지친 마음을 조금이라도 달래볼까 집에 오는 길에 포장해온 연어 덮밥에 캔 맥주를 마시며 뉴스 창을 열었다. 강남역 살인 사건, 버닝썬 사태 그리고 N번방까지, 순식간에 분노에 달궈지는 듯한 기분이 들었다. 한 개인의 삶이 그저 여성이라는 이유로 무자비하게 난도질당했는데 세상은 무덤덤해 보였다. '나는 단지 운이 좋아 살아남았다'는 자각이 줄곧 나를 괴롭혔다. 그런 밤이면 꼭 기분 나쁜 꿈을 꿨고 찝찝한 상태로 또 다른 하루를 시작했다.

세상은 대체 언제 변하는 걸까. 여성들이 안심하고 길을 걷고, 동일 노동에 동일 임금을 받고, 이사회의 절반을 차지하는 날은 오기야 할까? 성폭행범이 합당한 처벌을 받는 가장 기본적인 것들이 일상이 되는 날은 과연 올까? 우리가 그렇게 많은 것을 바라는 걸까? 공중화장실에서 칸칸마다 뚫린 구멍을 휴지로 틀어막은 흔적들을 매일 마주하고, 늦은 밤 귀갓길 인적 소리에도 신경을 곤두세우고, 돈을 지불하고 서비스를 받으면서도 무시받을까 걱정해야 하는 사소한 일들이 우리를 괴롭게 한다.

　　그렇게 우리 인생이 누군가에 의해 조금씩 잠식당하고 있는데, 불만을 토하니 "여성 상위 시대에 살면서 왜 이렇게 피해 의식이 많은 것이냐"고 누군가 말했다. 그 사람에게 묻는다. 여성 상위 시대인데 어째서 상장사의 여성 임원의 비율은 고작 2.7퍼센트에 불과한가? 왜 여성은 매일 매 맞고 죽어나가는가? 아마도 이 질문을 받으면 그는 이렇게 답할 것이다.

　　"너, 혹시 페미니스트야?"

　　물론 내가 페미니스트인지 아닌지 알고 싶어서 내뱉은 질문이 아니란 것쯤은 누구나 알 것이다. 그 말에 숨겨진 의미는 다음과 같다.

"자꾸 그렇게 목소리를 내면 너를 '페미니스트'라고 낙인찍고 남들에게 이상한 여성으로 비치게 해 괴롭힐 작정이야. 어때? 그래도 스스로를 페미니스트라고 부를 수 있어?"

사회적으로 규정된 남성과 여성의 성 역할을 탈피하는 것, 그들이 당연하게 여기는 것들을 여성도 당연하게 누리는 사회를 만드는 것이 페미니즘 아닌가. 그런 질문을 내뱉을 수 있다는 것 자체가 질문자의 권력을 증명한다. "너 혹시 (감히) 인종 차별에 반대하니?"라고 묻거나 "너 혹시 (감히) 지역 감정에 반대하니?"라고 묻는 사람은 없지 않은가. 인종 차별과 지역 차별을 하지 않는 것은 너무나 당연한 것이니까.

"너는 페미니스트냐"고 묻는 질문은 그 자체로 틀렸으며, 그 질문에 대한 답은 "그럼 너는 남성과 여성이 동등하다고 믿지 않고, 개인이 제도적으로 만들어진 공고한 성 역할을 답습해야 한다고 생각하니?" 또는 "저를 평소에 어떻게 보시길래 이런 질문을 하시나요. 당연히 페미니스트죠"가 돼야 한다. 하지만 갈길이 멀다. 2020년 8월에 레드벨벳의 멤버 조이가 "We should all be feminists(우리 모두가 페미니스트가 돼야 한다)"라는 문구가 적힌 티셔츠를 입어 논란이 생겼다. 누군가는 여자 아이돌로서 그녀의 행보가 '이기적'이라고 말했다. 도무지 그게 무슨 논리일까. 2020년에 이런 것이 갑론을박의 소재가 돼야 하는 걸까. 대체 어디서부터 시작해야 한단 말인가.

이 모든 문제를 해결하면 나는 행복해질 수 있을까? 여성에게 부조리한 사회에 눈을 뜨고 난 뒤부터 나는 더욱 예민해졌다. 예전에는 가볍게 지나쳤을 문제들에서도 재빠르게 불편함을 찾아냈다. 몇 년 전까지만 해도 재미있게 봤던 미국 드라마 〈내가 그녀를 만났을 때How I Met Your Mother〉를 다시 보다가 바니의 여성 혐오 농담에 기분이 나빠 전원을 꺼버렸다. 여성을 성적 대상화하는 힙합 가사도 도무지 참고 들을 수가 없게 됐다. 이제 가시적인 문제들조차 무시하기 어려워졌다. 페미니즘을 만나는 것은 마치 그동안 내내 쓰고 있던 빨간색 셀로판지로 된 안경을 벗어던지고 진짜 세상을 직시하는 것과 같다. 다시는 안경을 벗기 전으로 돌아가고 싶지 않다. 아니, 돌아갈 수 없다.

주말에 영화 〈서프러제트Suffragette〉를 봤다. 100년 전 영국에서 여성 참정권을 위해 싸운 여성들을 그린 이 영화는 소름 돋을 만큼 지금의 현실과 매우 닮아 있었다. 당연한 것을 위해 싸워야 했던 여성들. 그런 여성들을 '남성에게 사랑받지 못해 반사회적 행동을 하는 추녀 취급'을 하고, 남성들의 언어로 말하지 않으면 귀 기울이지 않던 세상. 그리고 그 과정에서 많은 것을 잃어야 했던 여성들의 모습까지. 하지만 주인공인 모드 와츠의 말에서 나는 희망을 발견했다.

"우리는 인류의 절반이다. 당신들은 결코 우리 모두를 막을 수 없다."

그런 세상이 오기 전에 넌 죽을지도 몰라라고 이야기하는 남성에게 그녀는 담담하게 대응한다. "우리는 이길 것이다"라고. 그녀의 말대로 여성이 참정권을 가지는 것이 당연해지는 세상이 왔다.

이 영화를 통해 우리는 결코 혼자가 아니었음을 깨달았다. 앞서갔던 여성들이 있었고, 우리가 과업을 완수하지 못한다고 해도 우리 뒤에 와줄 여성들이 있다. 앞서나간 여성들을 지우고 과거를 침묵시킴으로써 우리를 고립하려 드는 세상에서 우리는 그녀들을 찾아내 복기해야 한다. 시간이 좀 걸릴지 몰라도 우리가 포기하지만 않는다면 그런 세상은 반드시 온다. 우리는 단거리 달리기가 아니라 마라톤을 시작했다. 탈진하고 번아웃이 와서 모든 것을 포기하고 싶은 지경이 되지 않도록 완급 조절은 필수적이다. 오늘을 잘 살아내는 것이 우리 모두의 임무다.

분노에 매몰되다 보면 부정적인 감정에 금세 휘말리기 십상이다. 그럴 땐 일부러라도 감사하는 것들을 곱씹으며 부정적인 감정에 매몰될 수 있는 뇌를 긍정적인 방향으로 훈련시켜야 한다. 하루에 세 개씩 감사하는 것들에 대해 생각해보자. 조금 귀찮더라도 지속적으로 행한다면 삶에 큰 변화를 가져올 것이다. 거창할 필요는 없다. 신선한 한 잔의 물에 감사하고, 건강에 감사하고, 내일이 금요일이라는 사실에 감사하면 된다.

더불어 분노를 일으키는 사건들과 혐오로 가득한 댓글들을 마주하는 온라인과 조금 거리를 둘 필요가 있다. 골치 아픈 문제들을 흐린 눈을 하며 넘어가자는 것이 아니라, 가끔은 자극적인 정보들로 쉴 틈이 없는 마인드를 환기시킬 필요가 있다는 의미다. 내가 주로 하는 방법은 집 앞에 장을 보러 가거나 잠깐 산책할 때 휴대폰을 집에 두고 가는 것이다.

처음에는 겨우 15분 남짓한 시간인데도 손에 휴대폰이 없으니 어색하게 느껴졌다. 그만큼 휴대폰 의존도가 높았던 것이다. 잠깐만이라도 가을볕과 길거리의 풍경, 그리고 내 마음속에 떠오르는 생각들에 집중해보는 시간을 가져보는 건 어떨까. 혼자 밥을 먹을 때 웹서핑을 하다 부정적인 글과 그 아래 달린 댓글들에 갇혀 의미 없이 시간을 흘려보낼 때가 많다면, 눈앞에 있는 음식의 향, 색감, 식감을 음미하면서 온전히 존재하는 연습을 하는 마인드풀 이팅Mindful Eating을 실천해보는 것도 좋다.

몸과 마음은 유기적으로 연결돼 있어 분노하면 몸에 스트레스가 쌓인다. 스트레칭을 하다 보면 유독 뻣뻣하게 느껴지는 부분이 있는데, 그곳이 당신이 긴장과 분노를 쌓아두는 공간이다. 내 경우에는 스트레스를 받으면 주로 목과 어깨, 그리고 고관절이 뻐근해지곤 했다. 그 부분의 근육을 집중적으로 스트레칭해주자. 유튜브를 검색해보면 각 부위별 스트레칭과 요가 비디오가 가득하니 도움을 받도록 하자. 나는 주로 '요가 링' 마사지 기구를 사용해 운동하는데, 다리는 물론 어깨, 목, 발바닥 근육을 다양하게 풀 수 있고 폼롤러에 비해 부피가 작아 휴대성도 용이하다.

분노가 치밀면 심장이 빨리 뛰고 호흡이 짧아지는 경험을 한 적이 있을 것이다. 나도 스트레스가 한계까지

치달으면 호흡이 매우 불안정해지곤 했다. 그래서 호흡을 내쉴 때 여덟까지 숫자를 세며 호흡을 들이마셨다가 다시 여덟을 세면서 호흡했다. 호흡과 함께 내 몸 안에 쌓인 열기와 분노가 함께 밖으로 배출된다고 생각하면 효과가 더 좋다.

　의외로 분노를 다스리는 데 가장 도움이 됐던 것은 다름 아닌 페미니즘을 공부하는 일이었다. 여성학자 정희진은 "안다는 것은 상처받는 일이다"라고 했다. 페미니즘을 배우다 보면 그간 무지했던 내 행동과 발언에 부끄러워지고, 부당한 사회 시스템에 의심을 품고 분노하게 된다. 나는 페미니즘을 공부하면서 상처를 받음과 동시에 역설적으로 해방감을 맛봤다. 불편하지만 꼭 집어서 표현할 수 없었던 것들이 명료해지고, 여성 혐오를 하는 사람들의 내면에 숨겨진 모종의 메커니즘에 대해 알게 되면서 모든 것들이 투명하게 보이기 시작했다.

　더불어 다른 여성의 이야기를 통해 내가 부당하다고 여긴 것들이 단순히 내가 운이 나빠서, 내가 예민해서 겪게 된 것이 아니라 현대 사회를 살아가는 여성이라면 보편적으로 겪는 감정이라는 것을 알게 됐다. 나만 불운한 게 아니라 모두가 불운하다는 안도감이 아니라 서로의 사적인 경험에 공감하고 연대할 여성들이 많다는 깨달음에서 온 든든함을 느꼈다. 보이지 않던 것을 선명하게 보게 된다면 분명 당신은 상처를 받을 수밖에 없을 것이다. 하지만 그와 동시에 깨달음은 우리를 더 자유롭게 할 것이다. 그러니 두려워하지 말고 페미니즘을 정확히 알고 배웠으면 한다.

시간이 흘러 쿨하고 멋진 할머니가 되는 쪽은 어차피 우리다. 시대의 흐름을 읽지 못하고 여성 혐오를 당당하게 표현하는 이들은 미국 남부의 노예 농장 주인과 KKK단이 오늘날 누리는 부끄러운 위치를 차지하게 될지어니 좀 기다려보시길. 언젠가 이길 싸움이라면 체력을 아끼자. 도중에 멈추지 않기 위해 무엇보다 자기 자신을 좀 더 사랑하고 챙겼으면 한다. 우리가 평등을 위해 목소리를 내는 것도 결국엔 나를 포함한 여성들이 더 나은 삶을, 원래 우리 것이었던 정당한 삶을 되찾기 위해서라는 사실을 잊지 말자.

내가 나로
존재하기 위해서

*
**
*

여자니까. 어리니까. 어느 지역 출신이니까. 블라블라. 당신이 어떤 사람인지, 아니 어떤 사람이 돼야 하는지에 대해 끊임없이 이야기하는 목소리가 있을 것이다. 그런 말들은 그들의 은밀한 소망과 세계를 드러낸다. 내가 으레 어떤 사람이길 지레짐작하고, 그 바운더리에서 벗어나면 나라는 개인의 정상성을 끈질기게 의심하는 사람과 말, 편견. 처음에는 그런 것들에 대해 이야기하고자 했었다. 우리가 우리로 온전하게 존재하지 못하도록 방해하는 것들에 대해.

하지만 글을 쓰다 보니 나는 어느새 '여성'에 대한

이야기를 하고 있었다. 어찌 보면 당연한 수순이었는지도 모른다. 21세기 한국을 살아가는 여성들이 자기 자신으로 존재하지 못하게 하는 것. 심지어는 자신이 어떤 사람인지, 무엇을 좋아하는지, 욕망은 무엇인지, 어떤 때 행복하고 어떤 삶을 살고 싶은지에 대해 생각하는 것조차 감히 이기적이고 불경하다고 낙인찍는 가부장제야말로 가장 큰 방해꾼이었으니.

오래전에는 그들이 나에게서 원하는 모습이 내가 원하는 것이라고 착각했었다. 사실 알고 있었는지도 모른다. 가부장제 사회에서 조용하고 작은 내 삶을 영위하기 위해 그들이 원하는 모습을 연기하며 웃어주고 있었다는 걸. 스톡홀름 신드롬에 시달리는 인질마냥 생존에 유리한 선택을 '진심'이라고 합리화했다. 변명을 하자면 구조 안에 존재하는 사람이 거시적인 관점에서 구조를 내려다보기란 쉽지 않은 법이지 않은가.

2015년, 한국에서 한참 억압에 눌려 터져 나온 여성들의 목소리가 '페미니즘'이라는 이름 아래 모이기 시작했을 무렵 나는 캐나다에 있었다. 미국에 가기 위해 탄 비행기의 스튜어디스들은 건강하고 밝은 중년의 여성들이었다. 낙태죄? 그런 게 폐지된 지는 25년도 넘었다고 했다. 일터에서 만난 40대의 미셸은 자신의 꿈을 이루기 위해 대학원에 가겠다고 대수롭지 않게 말했다. 총리인 저스틴 트뤼도는 "어째서 내각의 절반을 여성으로 채웠냐"는 질문에 어깨를 으쓱하며 "지금은 2015년이니까요"라고 답했다.

지구상에 온전한 성평등을 이룩한 국가는 없고, 특정 국가를 이상화하려는 것은 결코 아니다. 다만 우리에게는 예쁘지 않아서, 나이가 많아서, 여성이라서 허락되지 않는 것들이, 욕심이 많고 이기적이라고 여겨지는 것들이 그들에겐 이미 당연한 것이었다. 배신감이 들었다.

이런 일련의 일들을 겪으면서 분노와 화가 나를 집어삼키면 어떡하나 걱정도 됐다. 하지만 열이 받는 게 맞았다. 화가 난다는 것은 더 이상 부조리한 것들을 당연하게 여기지 않음을 의미하고, 우리가 문제를 인식하고 있으며 적어도 이를 해결할 수 있다는 일말의 희망을 내포한다. 연인 관계에서도 마찬가지 아니던가. 서로에게 화를 내는 것은 상대에게 관심이 남아 있기 때문이고, 정말 끝을 향해 달려가는 관계에서는 그저 무관심만 있을 뿐이다. 우리는 삶을 사랑하니까, 더 나은 미래가 있다고 믿으니까, 개선의 여지가 있다고 생각하니까 화를 내고 분노하는 것이다.

당신을 열받게 하는 것은 무엇인가? 그 분노를 파헤치다 보면 자신이 진정으로 가치 있다고 여기는 무언가를 발견할 수 있다. 나에게 있어 페미니즘이란 그런 것이다. 불공정 거래를 강요당하지 않는 것. 우리의 가능성이 거세되지 않는 것. 그리고 무엇보다 내가 나로 존재하는데 누군가의 허락을 받지 않아도 되는 자유 그 자체다. 그 변화의 시작점은 바로 우리 내면이다.

말뚝에 묶인 채로 자라난 새끼 코끼리는 성인 코끼리가 돼서도 말뚝을 부술 생각조차 하지 못한다고 한다. 코끼리에게 필요한 것은 말뚝을 뽑아줄 누군가가 아니다. 그저 자신이 얼마나 힘이 센 존재인지에 대한 자각이다. 우리에게 필요한 것도 이와 같다. 완벽할 필요도 없다. 어설픈 페미니스트들이 여럿 모여 더 이상 인질이기를 거부할 때, 목소리를 내고 설치고 나댈 때 세상은 조금씩 변한다. 그래서 나보다 먼저 설친 여성들을 따라 나도 좀 설쳐보기로 했다.

당신이 좀 더 재수없어지길, 이겨먹길, 하고 싶은 건 다 하고 살길 바란다. 흘러가는 시간에 몸을 담근 채 그저 가만히 서 있지 않고 적극적으로 물살을 가르며 삶을 살아내자. 누구의 엄마나 아내가 아닌 당신 스스로가 정의 내린 모습으로 존재하자. 거창하지 않아도 된다. 그저 당신을 불편하게 하는 감정들을 입 밖에 꺼내는 것부터 시작하자. 거스를 수 없는 거대한 흐름은 그렇게 작은 곳에서부터 시작되니까.

마지막으로 명배우 릴리 톰린의 명언으로 글을 마치고자 한다.

"난 항상 어째서 누군가가 상황을 바로잡기 위해 행동하지 않는지 궁금해했었다. 그러던 어느 날, 내가 바로 그 '누군가'라는 사실을 깨달았다."

1. "연령별현황-연도별", *한눈에 보는 민원 빅데이터*. https://bigdata.epeople. go.kr/bigdata/pot/stst/age/forwardStstAge.npaid?dspMenuId=P1 277&dspLinkMenuId=P1277&_csrf=2dd2980b-8ccd-4f2a-8890-40182458fc7a#.

2. Klein, K. J. K., & Hodges, S. D. (2001). "Gender differences,motivation, and empathic accuracy: When it pays to understand", *Personality and Social Psychology Bulletin*, Vol 27(6), 720-730.

3. Snodgrass, Sara E. (1985). "Women's intuition: The effect of subordinate role on interpersonal sensitivity", *Journal of Personality and Social Psychology*, Vol 49(1), 146-155.

4. "(보도자료) 생활 속으로 스며드는 인터넷 어학 사전 성차별적 예문들", 한국양성평등교육진흥원. https://www.kigepe.or.kr/user/cop/bbs/ selectBoardArticle.do?bbsId=BBSMSTR_000000000034&nttId=1711 &bbsTyCode=BBST03&bbsAttrbCode=BBSA03&authFlag=N&pageInd ex=15&menuNo=13400&pageUnit=10&searchBgnDe=&searchEndDe= &searchCnd=0&searchWrd=.

5. "흉기 든 성폭행범 손 깨물고 낭심 걷어차고 달아나 경찰에 신고한 여고생", 조선일보. https://www.chosun.com/site/data/html_dir/2017/09/12/2017091200737.html.

6. "美 체조여왕 등 300여 명에 성폭력… 미국 '조재범'은 360년형", 중앙일보. https://news.joins.com/article/23277510.

7. "Act Now To Shrink The Confidence Gap", *Forbes*. https://www.forbes.com/sites/womensmedia/2014/04/28/act-now-to-shrink-the-confidence-gap/?sh=453bb3075c41.

8. "국내 200대 상장사 여성 등기임원은 39명뿐… 2.7%에 그쳐", 연합뉴스. https://www.yna.co.kr/view/AKR20200307056100003?input=1195m.

9. "N번방 회원 26만명 전수조사… 전원 처벌 가능성", 연합뉴스*TV*. https://www.yonhapnewstv.co.kr/news/MYH20200324016900038?did=1825m.

10. "김지은 '안희정에 왜 4번이나 당했냐고?… 범행 후 늘 사과하며 잊어리'", 동아일보. https://www.donga.com/news/article/all/20180727/91248259/2.

11. "제주에만 3천개 넘는 게스트하우스…관리 사각지대", 뉴스1. https://www.news1.kr/articles/?3237084.

12. Dunbar, R. I. M., Marriott, A., & Duncan, N. D. C. (1997). Human conversational behavior. *Human Nature*, Vol 8(3), 231-246.

13. "Why Your Late Twenties Is the Worst Time of Your Life", *Harvard*

Business Review. https://hbr.org/2016/03/why-your-late-twenties-is-the-worst-time-of-your-life

14. "[방송모니터위원회] 2019년 드라마 속엔 재벌과 전문직 남성이 많았다", *민주언론시민연합*. http://www.ccdm.or.kr/xe/watch/290365.

15. "남녀 임금 격차 지난해 37.1%··· OECD 최고 수준", 연합뉴스. https://www.yna.co.kr/view/AKR20190926151300004.

16. Henry, Julie D. (2007). "A review of the impact of pregnancy on memory function, *Journal of Clinical and Experimental Neuropsychology*, Vol.29(8), 793-803.

17. "「대한민국 출산지도(birth.korea.go.kr)」 홈페이지 문 연다", 행정안전부. https://www.mois.go.kr/frt/bbs/type010/commonSelectBoardArticle.do?bbsId=BBSMSTR_000000000008&nttId=57148.

18. "The person you really need to marry", *YouTube video*, 13:58. https://www.youtube.com/watch?v=P3fIZuW9P_M.

19. "'신림동 강간미수' 남성 '강간미수 무죄, 주거침입 유죄' 징역 1년", *한겨레*. http://www.hani.co.kr/arti/society/society_general/913351.html#csidx23b37851db24830a0c00f4130528c62.

친절함과 상냥함이 여성의 디폴트가 아닌 세상을 위해

더 이상 웃어주지 않기로 했다

초판 1쇄 발행 2021년 3월 5일
지은이 최지미

펴낸이 민혜영
펴낸곳 (주)카시오페아 출판사
주소 서울시 마포구 월드컵로14길 56, 2층
전화 02-303-5580 | **팩스** 02-2179-8768
홈페이지 www.cassiopeiabook.com | **전자우편** editor@cassiopeiabook.com
출판등록 2012년 12월 27일 제2014-000277호
책임편집 진다영
편집 최유진, 위유나, 진다영 | **디자인** 고광표, 최예슬 | **마케팅** 허경아, 김철, 홍수연

• 잘못된 책은 구입하신 곳에서 바꾸어 드립니다.
• 책값은 뒤표지에 있습니다.